中公文庫

出張料亭おりおり堂

こっくり冬瓜と長い悪夢

安田依央

中央公論新社

目次

人物紹介

山田澄香（やまだ・すみか）

恋愛スキルゼロで、喪女というよりすでにゾンビ化を自覚している。最近では「おりおり堂」の骨董と出張料亭両方を手伝い、仁を支えたいと思っているのだが……。

橘 仁（たちばな・じん）

京都の一流料亭で修業した料理人。出張料亭を取り仕切る。ついに澄香に告白したかのように思えたが、その後全く動きはない。無口すぎるイケメン。

橘 孝（たちばな・こう）

日本屈指の財閥の跡取りだが、出奔した兄・仁に家を継いでもらうべく店の内外で暗躍している。

雨宮虎之介（あめみや・とらのすけ）

国籍不明、年齢不詳、金髪碧眼で顔だけはやたらかわいい自称記憶喪失の少年。仁に弟子入りしたと言って店に居候している。

橘 桜子（たちばな・さくらこ）

『骨董・おりおり堂』のオーナー。上品で粋な八十歳。澄香を店に導いた人物。仁と孝の祖母。

出張料亭 おりおり堂

―こっくり冬瓜と長い悪夢―

するめ女とロマンスの盗賊

走馬灯《そうまとう》を見ているようだった。

あれだ。死ぬ前に頭の中でこれまでの人生がフラッシュバックのように再生されるというもの。

いや待て。どういうことだ？

橘孝《たちばなこう》は戸惑《とまど》っていた。

それはそうだろう。別に爆弾《ばくだん》処理に失敗して違う方のコードを切ってしまったとか、空から牛が降って来て今まさに下敷《したじ》きになろうとしているとか、そんな風な死の危険《きけん》が迫《せま》っているわけではない。

ただ単に孝は山田澄香《やまだすみか》を捜し歩いているだけなのだ。

孝の目は目の前の景色《けしき》をちゃんと捉《とら》えていた。

磨《みが》き込《こ》まれた板壁《いたかべ》、複雑な木目の見える天井《てんじょう》。廊下《ろうか》のガラス越しには風格ある庭木。

眼下に清流を望む温泉旅館、名月館《めいげつかん》本館は古い木造の風情《ふぜい》ある建物だ。

老舗《しにせ》旅館の名は伊達《だて》ではないな、などと物思いにふけりながら段差のある通路を渡ったところまでは正常だった。

気がつくと、いつの間にか別の棟に通じており、それと同時に走馬灯のような記憶の大上映会が始まったのだ。

走馬灯といえば、通常は人生のイベントが流れていくものだろう。

にもかかわらず、孝の脳裏で上映されているのは何故《なぜ》か食べ物絡みの思い出ばかりだった。

おかしいな。そんなに食い意地が張っている方でもないと思うんだが？

つい首を傾《かし》げるが、そもそも走馬灯上映会が行われている時点で異常事態だ。

自分は半分寝た状態で歩いているのだろうかと疑う。

新館と表示された棟は昭和後期か平成頭ぐらいの建築だろう。新しいはずのこちらは不思議なことに、年月の重みというより年を経《へ》て薄汚れたように見える。

そのまま新館の中をしばらく歩いていくと、がらんとしたスペースに出た。

くたびれた深紅《しんく》のカーペットを踏《ふ》んで歩けば、靴音《くつおと》が周囲の静寂《せいじゃく》に吸収されて消えていく。

左手の壁は天井から床まで灰色のカーテンで覆《おお》われており、圧迫感があった。

物音一つしない。人の声も機械音も何一つ聞こえない。まるでここだけ時間が止まっているかのようだと思った。

その一方で高級フレンチやアメリカのダイナーで食べたでかいハンバーガーだとか、ドバイで食べたひよこ豆の料理だとか、様々な色彩《しきさい》と香り、食感などが瞬間《しゅんかん》的に甦《よみがえ》ってくる。

この走馬灯上映会、時系列ではないようで、ランダムに記憶が現れた。食べ物だけではなく、その時々にテーブルを囲んだ友人たちの顔、会話などまでもが再生されているのだ。

小学校の時の友人、警視庁の刑事である石田《いしだ》と新橋《しんばし》のガード下の赤提灯《あかちょうちん》で食べた焼き鳥と熱燗《あつかん》に愉快《ゆかい》な会話なんて記憶もある。

が、ことさら鮮《あざ》やかなのはやはり『骨董《こっとう》・おりおり堂』で祖母《そぼ》の橘《たちばな》桜子《さくらこ》がふるまってくれた料理の数々だった。

得意の煮物《にもの》はもちろん、熱々の豚《とん》カツ、ぷりぷりの海老《えび》チリ、そうかと思えば手製のぬかづけや、変わったところではミョウガごはん、透明《とうめい》ゼリーにキウイとオレンジを閉じ込めた夏のおやつなど。

その時々の幸せな思い出と共に甦ってくるのだ。

口の中が割《わ》り下《した》のよく滲《し》みたすき焼きの焼き豆腐《どうふ》で一杯になったところで、本当に不思議じゃないかと孝は首を傾げた。

わけあって、桜子のもとで食事をしたのは小学生の一時期に限定されている。

二十九年の人生の中でごくわずかな時間なのだ。

にもかかわらず、走馬灯に現れてくるのは、大部分がそこと、最近の数ヶ月間に集中していた。

最近の数ヶ月というのは、孝がそれまで十数年にわたって足が遠のいていたおりおり堂を再び訪れるようになった期間だ。

現在、その場所には二つのおりおり堂がある。

桜子の営む『骨董・おりおり堂』と兄、仁《じん》がそこを拠点として出張して料理を作る『出張料亭・おりおり堂』だ。

諸事情あって『出張料亭・おりおり堂』に弟子《でし》入りした結果、孝はおいしいまかないを食べる機会を勝ち取ったのだ。

橘孝。弁護士《べんごし》の資格を持ちながら、橘グループの法務部門を統《す》べるエリート実業家だ。怖《こわ》いものなど何もないし、望んで手に入らないものなどこの世に一つもない立場にいる。

だが、今、非常に怖かった。

走馬灯状態も異常だが、怖いのはそれではない。

聞こえるのだ、声が。

『逃げろ。ここは危険だ。今すぐここから出るんだ』

ひどく切迫した声だ。

辺りを見回すが誰《だれ》もいない。

薄暗い部屋に一人で佇《たたず》んでいると、呼吸が荒《あら》くなってくる。

この声には覚えがあった。自分だ。

自分の内に巣《す》くう何かが警告を発しているとでも？

「いやいや、何を馬鹿な。ないない」

ほこりっぽいカーテンに手をかけ、二十センチばかり開けてみる。カーテンの向こうは天井まで届く大きな窓で、ガラス越しにさっと光が射し込み、室内を照らした。

壁際の床はカーペットが途切れてフロアタイルが剝《む》き出しだ。自動販売機でも設置していたような痕跡《こんせき》があった。

化粧板《けしょうばん》の貼《は》られたカウンターには段ボール箱が積まれ、中央に陣取《じんど》る平台《ひらだい》には土産物《みやげ》のサンプルらしいケースが一つだけ、ぽつんと残されている。

いかにも休業中の旅館だ。

「ははっ。いくら山田が変人だからって、まさかこんなとこにはいないよな」

わざと大きな声で言って打ち消してみたが、声は消えない。

『今すぐ逃げろ。危ない、早く』

せき立てられるような気分になって焦《あせ》る。

ふと、思いだした。

『出張料亭・おりおり堂』の常連客であるアミーガ・Death《デス》・ドンゴロス宅への出張の際の出来事だ。

三人の個性的な山賊《さんぞく》たち（本物の山賊ではない。屈強だったり日本舞踊《ぶよう》の先生みたいだったり妖精《ようせい》だったりするオネエたちだ）が持ち寄った海の幸、山の幸を仁が料理をして皆《みな》で飲み食いして踊《おど》り狂《くる》うという宴《うたげ》が催《もよお》されたのだ。

宴の後、ゲスト山賊二名が引き上げ、『出張料亭・おりおり堂』が片付けを始める、ちょっとほっとして心地よい疲れを感じる時間。

華《はな》やかな祭りの後には独特の寂寥感《せきりょうかん》が生じるものだ。

その時、孝は何故か小学六年の夏休みのことを思いだしていた。

夏祭りの夜のことだ。

そして、今、走馬灯上映会の記憶はアミーガ宅の少し後、ばあちゃん菓子の好きな孤独な少年イソノとの邂逅《かいこう》、さらにその彼の乗る自転車が夕焼けの中、シルエットになって浮かび上がったお屋敷街の高い塀《へい》を映し出している。

そうだ。あのお屋敷街の景色を見た時、気づいたことがある。

自分には小学六年の夏祭りから数ヶ月分の記憶が抜け落ちている――。

そして、その夏を境に孝は『骨董・おりおり堂』とあんなにも大好きだった祖母桜子のことを忘れてしまっていた。

何故？

突然、走馬灯の上映が止まった。再生を止めたみたいにぷつんと映像が消えたのだ。

と同時に襲ってきたのは悲しみだ。

胸が締めつけられてならなかった。

切なくて切なくてどうしようもない。

何が悲しいのかまったく分からないのに次々にこみ上げてくる。まるで体の中に井戸があって、村人総出で悲しさの感情を汲《く》み上げているかのようだ。

と、泣き声が聞こえた。

女の子？

さすがにこれは、と思い、慌《あわ》てて周囲を見回すが誰もいない。

女の子が泣いている。

走馬灯上映会の続きみたいな像が頭に浮かんだ。

小学校高学年ぐらいの女の子が両手で顔を覆ってえーん、えーんと泣いていた。

この年頃の女の子にしてはちょっと異様な泣き声だ。もっと小さい子供が泣くのを真似《まね》ているみたいでわざとらしい。

そう。あれは泣き真似だと孝は思った。

悲しくて泣いているのではなく、誰かに構って欲しいとか――、いや、違う。

あれはもっとタチの悪いものだ。

たとえば誰かを陥《おとしい》れるために泣くふりをしているような、いやな嘘《うそ》くささがあった。

それを裏付けるように、女の子が覆っていた手を離すと、現れた顔面は笑っていた。口もとのほくろが印象的だ。

『あんたってかわいそう』

彼女は嘲《あざけ》るように言うと、再びえーんえーんと泣き真似を始めた。

「ええい、何だって言うんだ一体」

断ち切るように、孝は荒々しい動作でスマホを取り出し、履歴《りれき》の一番上をタップした。

呼び出す相手は山田澄香だ。

出ろ、今度こそ出ろよ山田――。

そう念じるが、スマホから流れるのはもう何度目か分からない「電源が入っていないか、電波の届かないところにいる」とかいうお決まりのアナウンスだった。

舌打ちし、接続を切る。

「ったく。どこ行ったんだよ、あのゾンビ」

山田澄香は『出張料亭・おりおり堂』、つまりは兄、仁の助手だ。

もちろんバイオハザードなウイルスに感染した本物のゾンビというわけではない。

奇行の数々と珍妙《ちんみょう》な振る舞《ま》い、いじけた姿がゾンビのようなのでそう呼んでいるだけだ。

まるで孝がこのゾンビに執着しているみたいだが、断じてそんなことはない。

たとえ無人島に二人きりになったとしても、孝が山田に執着する日は来ないだろう。

あってたまるか――。

自らの想像に腹《はら》を立て、孝は足早に歩き出した。

「やかましいっ」

例の警告が聞こえるが無視する。

あのゾンビ、ある意味、最強の魔除《まよ》けなのかも知れなかった。

望んで手に入らないものなどないはずの孝の人生に狂いが生じだしたのはここ数ヶ月、つまり『出張料亭・おりおり堂』に弟子入りした頃からだ。

少し前から孝は兄の仁を生家の家業である橘グループに連れ戻そうと腐心《ふしん》していた。

昔の話をする。

高校生の時に約束されていた橘グループ次期総帥《そうすい》の座を捨て家を飛び出した仁は、そのまま料理の世界に入ってしまった。

兄の代わりに後継者《こうけいしゃ》として精進《しょうじん》しながらも、孝は心の片隅で仁のことをずっと気にかけていたのだ。

料亭の跡取り娘と一緒になってそこを任される話はめでたく破談となった。

かくなる上は何としても仁を連れ戻し、しかるべき場所に座らせる。それが孝に課せられた使命だと思ってきた。

秘密裏に色々と画策した結果、あとはもう本人の説得というか心変わりを待つばかりというところまで漕《こ》ぎ着《つ》けたのだ。

だが、仁は頑固《がんこ》にも『出張料亭・おりおり堂』から離れようとしない。

正面切って説得すればいいようなものだが、孝にはそれができなかった。

できない理由は自分でもよく分からない。

立場上、色々と画策するような仕事の仕方をしてきたせいなのか、それとも正面切って仁と向き合う勇気がないせいなのか、あるいはその結果、一刀両断に切り捨てられてしまうのが怖いからなのか。

今にして思えば、と再び始まったお食事限定走馬灯上映会の記憶を味わいながら考える。おりおり堂のまかないのいなり寿司《ずし》。おばあさまの味だ。

何となく自分は答えが分かっているのかも知れないと感じ始めていた。

仁が何故、橘を出たのか、その理由を知らずに説得などできるはずがない。

だが、孝は兄の本心を知るのが怖くて、周辺をうろうろしながら策を弄《ろう》しているのだ。

これでは仁の周囲をうろついているあのゾンビと何も変わらないじゃないかと思って絶望した。

ゾンビこと山田澄香は身の程知らずにも仁に懸想《けそう》している。

まあ、それは仕方のないことだ。

孝は大きく頷《うなず》いた。

仁に女性が惹《ひ》きつけられるのは――、いや性別なんて問わないか、と思い直す。人類すべてに課せられた宿命のようなものなのだ。

何しろ身内の自分が言うのも何だが、橘仁という男はひいき目なしに見ても完璧《かんぺき》だ。能力、人格、そしてカリスマ性。

容姿に至ってはギリシャ彫刻《ちょうこく》のように引き締まり、無駄《むだ》のない筋肉に長い手足、切れ長の瞳は涼しげでありながら、強引に人の心を奪っていくような印象的なまなざし。街を歩けば道行く女性たちがため息と共に振り返り、ぽうっと見とれているなんてのは日常茶飯事《さはんじ》。

俗《ぞく》な言い方をすれば超絶イケメンということになるだろう。

対する山田はといえば、残念《ざんねん》ながら平凡を絵に描いたような女だ。特段秀でた能力もなく、絶世の美女というわけでもない。仁の隣《となり》に並び立つには明らかに不釣り合いだった。

おまけに彼女は奇行の主だ。

質の高い美女との付き合いしか知らない孝からすると、なんでそんな行動を？　と呆《あき》れるようなことをしでかすのが山田澄香という人間なのだ。

しかも、一体どういうわけなのか、この山田という女は恥《は》じらいが恥じらいとして外に現れてこない。

物陰《ものかげ》から仁を見やる姿など、通常ならば切なくもいじらしくなる光景だろうに、山田がやるとうまそうな獲物に惹きつけられて咆哮《ほうこう》するゾンビのようなのだからどうしようもなかった。

あまり認めたくはないが、このゾンビを仁が憎からず思っている節《ふし》がある。よりにもよって何故こんな女を、と思うが昔から仁は捨て犬とか捨て猫《ねこ》とかを放っておけない性分なのだ。

目の前で腹を空《す》かせたゾンビがうろついていたら放っておけず、世話をするうちそのまま情が移ってしまったのかも知れない。

仁を『出張料亭・おりおり堂』から解放し、橘に引き戻したい孝としては鬱陶《うっとう》しいことこの上なかった。

そんなゾンビは遠くの山に捨ててしまうに限るのだが、あからさまなやり方をしては仁の不興を買ってしまうだろう。

なかなかの難題だったのだ。

その山田を先ほどから孝は捜し歩き、電話をかけ続けているのだがまったく捕まらない。仁はもちろん、この旅館の相続人である典子《のりこ》に訊《き》いても、昼食以降は彼女の姿を見かけていないと言う。

ここへは一応『出張料亭・おりおり堂』の仕事で来ているのだ。

いくら山田の行動原理が不明でも、雇《やと》い主《ぬし》に無断でそんなに遠くへ行くとは考えにくい。まあ山田ならば、携帯《けいたい》の充電《じゅうでん》が切れていることにも気づかず、人けのない旅館の中を徘徊《はいかい》していてもおかしくはないな。いや、いかにもありそうだ――。

そう思ったからこそ、わざわざこの橘孝が貴重な時間を割《さ》いて捜し回ってやっているのである。

しかし、よくよく考えてみれば山田が館内にいるとは限らなかった。

庭は既《すで》に見たが、敷地の外に出ていったということもあり得る。

「まったく、電源ぐらい入れておけよ」

文句を言いつつ孝が山田を捜しているのにはもちろんわけがあった。

前回この旅館の相続人であるきょうだいたちが集まり、行《ゆ》く末《すえ》を話し合っている。

彼ら、彼女らがどんな人物で、何が話し合われたのか、たまたまその場に居合わせた山田から当日の様子を聞いておきたいと思ったのだ。

もっとも、山田がその際ここに居合わせたのは偶然ではなかった。

孝の差し金だ。

ちょうどいいタイミングでこの旅館が廃業《はいぎょう》し、所蔵する骨董の売却先を探しているという情報が上がって来たため、祖母である橘桜子が営む『骨董・おりおり堂』に繋《つな》がるように細工《さいく》したのだ。

山田は本来の雇い主である仁の営む『出張料亭・おりおり堂』の所属ではあるが、『骨董・おりおり堂』の仕事をも与えられている。

二つのおりおり堂。

そのどちらに身をおくべきかを迷っているらしかった。

孝はそれを本人がより明確に自覚するよう仕組んだのだ。

某所で行われたホームパーティーと桜子のお供。同時に二つの仕事が入れば、山田はどちらかを選ばなければならないからだ。

孝は山田が『骨董・おりおり堂』を取るだろうと予測しており、事実その通りになった。

それで空《あ》いた仁の助手ポジションに自分がちゃっかり収まり、ついでに山田の追い出しをはかろうという思惑《おもわく》もあったのだ。

ちょっとせこいのは自覚している。

ついでに作戦は失敗した。

橘孝、立案した計画が失敗するなど仕事のうえでは一度もない。

なんたる不覚、と歯ぎしりしたが、かのゾンビ、どこまでも手間をかけさせる存在なのだ。

ともあれ、この旅館を選んだのは偶然だった。

はっきりいって相続人たちの事情も顔も何も知らない。単純に孝の描いたシナリオにちようどいい舞台設定だったに過ぎなかったのだ。

それがここに来て恐ろしく大きな意味を持ってきた。

驚いたことに仁はこの旅館の先代と面識があったというのだ。

しかも、どうやら仁はその先代からこの旅館に関する頼まれごとをしていたらしい。

そこまでとなると、さすがに引っかかる。

「こんな偶然あるのか？」

いや、どう考えたって出来すぎだ。

しかし、偶然でないとすれば、誰かが故意に仕組んだことになる。

孝が山田に嫌がらせをするためにこの旅館を選んだ行為が、その選択の時点で誰かの作為を受けていたことになってしまうのだ。

橘孝、自分が画策するのは許せても、人から何か仕掛けられるのは気に入らない。

一体、誰が何のために？

そんなことを考えながらホールを出て、先へ進もうとしたところで孝は足を止めた。

どうにも足が重い。まるで重い水に囚《とら》われているようだ。

おまけに例の声が聞こえる。

『逃げろ。ここは危ない』

だが、はいそうですかと逃げ出すわけにはいかなかった。

明日、この旅館には相続人たちが集まる。

旅館継続派と売却派に二分された彼らの話し合いに際し、仁が先代と交わした約束の料理を作る手はずになっているのだ。

もし、そこに何らかの謀略があって、仁の身に危険が及ぶようなことがあっては困る。

だから山田だ。

とりあえず前回の話し合いがどんなものだったのかを確かめたい。

「山田さん、いらっしゃいますか？」

勢いをつけて声を張ると、陰鬱《いんうつ》な周囲の空気が少しばかり攪拌《かくはん》されるようだ。

山田からの応答はない。

山田は変人ではあるが、礼儀をまったく弁《わきま》えていないわけではない。さすがに使用されていない客室に入り込んだりはしないだろうと思われた。同じ理由でバックヤードに入り込むことも考えにくい。

新館の通路部分を歩いているうち、建物の一番奥にある非常階段に出た。

陰気なゾンビのことだ。非常階段で居眠りしている可能性もあるのかと、階段を上る。

休業中にしては手入れがなされている方だと思うが、さすがにこんなところまでは掃除《そうじ》が行き届いていないようだ。

階段を一つ上ると、小さなガラス窓がある。

蜘蛛《くも》の巣の張った窓枠。泥汚れのついた窓ガラスからは遠くに山が見えた。錦繡《きんしゅう》の山並みも下半分が暗がりに沈み始めている。

既に太陽が傾き始めているのだ。

妙な焦燥《しょうそう》にかられ、ごくりと唾《つば》を飲み込む。

外は秋らしい金色の光に満ちているが、この階段を照らすには非力《ひりき》だった。客のいない今、非常灯にも明かりは灯《とも》っていない。

上ってきた階段を振り返ると、数段下はもう闇《やみ》の中だ。

何とも言えない不気味さがある。

正直なところ、逃げたい。誰でもいいから人のいるところへ戻りたかった。

「いやいや、何言ってんだ。らしくもないぞ。橘孝」

おのれに対して強がってみせて、ぎゅっと奥歯を嚙《か》みしめ、一気に階段を駆け上がる。

最上階へ着いたが山田の姿はなかった。

急いで戻るかと思ったところで、狭《せま》い踊り場の奥、洗剤などが置かれた棚《たな》で隠されるようにして小さな扉があるのに気がついた。

ちょうど防火扉にあるくぐり戸くらいの大きさだ。

それがわずかに開いている。

「は？　まさかこんなところに入ったのか？」

嘘だろ山田と思ったが、あのゾンビが想定外なのは今に始まったことではない。

仕方なく棚を迂回《うかい》するようにして扉に手をかける。

そっと押し開け、中を覗《のぞ》くとさらに上に上がる階段があるようだった。

「っつ……」

その階段を見た瞬間、突然吐《は》き気《け》に襲われ、孝は弾《はじ》かれたように身をのけぞらせた。

まるで電気ショックでも浴びせられたように、見えない何かにはね除《の》けられた感覚があったのだ。

「な、んだこれ……」

まるで暴風に立ち向かうみたいに身体中《からだじゅう》の筋肉を総動員して無理やり前に進む。

ところが、いざ階段に足をかけようとすると、心臓《しんぞう》のあたりがぎゅっと締め付けられるみたいで冷や汗が止まらなかった。

自分が震えていることに気づいてさらに驚く。

心臓発作か何かの予兆《よちょう》だろうかと思った。

健康には気をつけているつもりだが、万が一ということがある。こんなところで倒れては発見が遅《おく》れて危険だ。

思わずスマホに手をかけたが、混乱する頭の中でどこか冷静な自分もいた。

屋根裏にある開かずの間――。

不意に浮かんだのは、典子の幼い娘まどかの言葉だった。

この階段がその屋根裏に続くのだとしたら？

溜《た》めていた息をふっと吐き、胸の中の吐き気を逃がす。

重くなる一方の足を引きずり、人一人がようやく通れるほどの狭くて急な階段を上った。

暗い足もとを踏みしめるようにして一段上るごとに、ひどい息切れがする。

ふーふーと獣《けもの》めいた息を吐きながら数段上り、階段の上を見上げると真っ暗だ。

目をこらして見ると扉らしいものがあるのに気づいた。震える手でスマホのライトをかざし、息を呑《の》む。

「な……んだこれ」

異様な光景だった。

古ぼけた木の扉だが、かなりぶ厚い一枚板を使っているようで見るからに重そうだ。

その表面に幾筋ものひっかきあとがある。

まるで爪痕《つめあと》のようでぞっとした。

さらに問題なのは扉の左側、中央あたりに取り付けられた真鍮《しんちゅう》の取っ手だった。

それ自体はさほど珍《めずら》しいものではないのだが、錆《さ》びた鎖《くさり》でぐるぐる巻きにされているのが異様だ。

重そうな鎖が階段の手すりまで伸びて、金属製の手すりの上に厳重に巻き付けられ、大きな南京錠で留められているのだ。

スマホのライトをかざした孝は思わず息を止めた。

「お札《ふだ》？」

扉と壁とをまたぐ形で奇妙な文字や絵が描かれた札がべたべたと貼られている。

かなり古いものらしく、黄ばんだり、端《はし》が破れたりしている。それが重なり合って貼られているのだ。

こんなところに何故、お札があるのか。

墨《すみ》で書かれているのは梵字《ぼんじ》のようでもあり、解読不能のものもある。絵の方は何かの図案のようであり、不気味な生き物を描いたようだ。

薄気味悪い。

位置から考えて、このお札は扉を封じていると見て間違いないだろう。

中に何かあるのか？

考えると背筋《せすじ》が冷たくなった。

思わず息を詰《つ》め、中の気配を窺《うかが》ってしまう。

まどかという子供は中から蝶々《ちょうちょう》が出てきたと言っていたが、とてもそんな可愛らしい様子ではない。

おまけに孝の体調は悪化する一方だ。

心臓なのか胃なのか、とにかく内臓が捩《ねじ》れるような痛みを感じている。

吐き気を抑え、唾液《だえき》を飲み込む。

『逃げろ、早く。ここから出るんだ』

吐き気にかぶせるようにして聞こえてくる警告に今度こそ従うことにした。

正直なところ、もう限界だった。

痛む胃を押さえ身体を折り曲げ、両脇《りょうわき》の壁にぶつかりながらようやく階段を降りる。

従業員用の勝手口に脱いでいた靴を履《は》くと、孝は一目散に駆けだした。

うわああと叫び声の一つも上げたいところだが、プライドを総動員してどうにか抑え込む。

あんな不気味な開かずの間があるなんて、一体この旅館はどうなっているんだ――。

転げるように走り出て、焦りながらフェンスの門扉を開けて外に出る。

「おわっ……と」

敷地の外に出たところで人影にぶつかりそうになり、孝はたたらを踏んだ。

「帰れっ、この地上げ屋が」

「え？　は？」

いきなり怒鳴りつけられ、理解が追いつかない。

旅館の裏手に位置する小さな公園の入口付近で中年以降の女性が三人、こちらを睨《にら》みつけていた。

何やら身に覚えのない敵意を向けられているらしいことは分かったが、こちらは吐き気や動悸《どうき》で忙しいし、闇雲に走ったために息が上がってそれどころではない。

「あの。具合がお悪いのですか？」

他の二人に比べて優しそうな高齢《こうれい》女性の言葉にほっとしたのも束の間、ずんぐりした体型の中年女性が、野太い声でへんっと言った。

「よしなよタケさん。情けをかけてやる必要なんかないよ。どうせあそこのお札を剝《は》がそうとして怖い目にあって逃げだしてきたってとこだろ。なあ、兄さん。違うかい？」

「ちょ、ちょっと菱川《ひしかわ》さん、いきなり決めつけちゃダメよ」

背の高いくりくりしたパーマ頭の女性が甲高《かんだか》い声でたしなめる。

まったくだと思ったが、菱川さんは威嚇《いかく》をやめない。

なるほど、どうやら自分は地上げ屋と勘違いされているらしいと理解した。

この橘孝を地上げ屋と間違えるとはいい度胸だ。

「失礼。私は東京から来た弁護士の橘です」

姿勢《しせい》を整え、そう言うと、おばさんたちが顔を見合わせた。

聞けば彼女たちは件《くだん》の旅館の元仲居《なかい》だそうだ。

昨日から人の出入りがあるのを見て、いよいよ売却されるのかと心配になって様子を見にきたところに孝が飛び出して来たため、てっきり地上げ業者だと思ったという。

東京から来た料理人の一行だと名乗り、どうにか誤解を解くと、謝罪もそこそこに今度は懇願《こんがん》された。

「あたしたち、あそこが再開するならまた前みたいに働きたいんだよ。何とか売らずに済むように弁護士先生からも説得してはもらえないかい」

「そうですよ。典子お嬢さんがあんなに心を砕《くだ》いてらっしゃるのに、他のきょうだいの意向で再開できないなんて、私らだってとうてい納得《なっとく》できやしません」

ちょっと考え、弁護士として公正な話し合いができるよう立ち会うつもりだと告げた。

弁護士資格を持っているのは本当だし、一応弁護士会にも所属しているから何の問題もないのだが、面倒なので通常は滅多に口にしない。

しかし、今回は例の『出張料亭・こりこり堂』とやらを名乗る偽物《にせもの》の件もあり、用心する意味であえて言うことにしたのだ。

おばさんたちは今一つ納得していなさそうな表情ながらも、色んなことを教えてくれた。

開かずの間とは一体何なのかという孝の問いに彼女たちは顔を見合わせる。

「何ってあんた、開かずの間は開かずの間だよ。そりゃあ怖いんだよ。呪《のろ》いだよう。以前に中を見ようと無理にこじ開けた不動産屋がいたらしいんだけどさ、そいつは何を見たんだか、ちょうどさっきのあんたみたいに怯《おび》えて逃げ帰ってね、半年もしないうちに祟《たた》り殺された噂《うわさ》」

「呪いに祟り、ですか」

「そうそう」

通常ならばなんだそれと一笑に付すところだが、先ほど華麗《かれい》なる食の走馬灯や泣き真似をする女の子を見せられたうえに謎《なぞ》の内なる声から警告されたばかりだ。

孝はう一んと唸《うな》り、腕組みをした。

彼女たちの話はそれだけではなかった。

昔あの階段で恨めしげな顔をした女の霊《れい》に出くわして階段を踏み外して怪我《けが》をした仲居がいただとか、興味本位であの部屋について聞き回っていたお客が夜中に金縛《かなしば》りにあっただとか。

中でも被害が大きいのは売却絡みで訪れた不動産業者で、これまでやって来た複数の人間が、ことごとく不幸に見舞われているという。

「いやだっ。何だか噂してるだけで寒くなってきちまったよ」

菱川さんは丸太のように逞《たくま》しい腕をさすりながら身を震わせている。

呪い？　祟りで死ぬ？　それで走馬灯だったのか？　いや、こじ開けたわけじゃないぞ。俺はセーフだろとは思ったが、さすがにいい気はしない。

いやいや、待て待て。と孝の中の冷静な自分が待ったをかけた。

いくら何でも非科学的すぎる。到底《とうてい》そんな話を鵜呑《うの》みにするわけにはいかない。おばさんが話を盛っている可能性も十二分にあるのだ。

「えーと、その方々は皆さん、直接のお知り合いではないんですね？」

「やだよぉ」と叫ぶ菱川さんに腕の辺りをバシバシと叩《たた》かれた。

「あの部屋に近づいたら祟られるのは分かってんだよ。くわばらくわばら。そんな命知らずのバカに近づくわきゃないだろ」

自分も命知らずのバカにカウントされるのだろうかと思いつつ、なるほど、と孝は頷く。こういった怪談話の常として、彼女たちは当事者ではない。すべて伝聞なのだ。

しかし、では先ほど自分の身体に表れた異常をどう説明するのか。

無神論者の孝としては念仏を唱えるわけにもいかず、気味の悪さを払拭《ふっしょく》できなかった。

先に帰ると言う菱川さんとくりくりパーマの女性を見送り、タケさんが佇んでいる。

タケさんはどこか不思議な人だった。

七十代ぐらいだろうか。上品な物言いに控《ひか》えめな身のこなし。それでいて妙な色気がある。

彼女は心底、この旅館の行く末を案じているように見えた。

視線《しせん》の先を辿《たど》っていって、はっとする。

彼女が立っているのは、細い私道を挟んだ小さな公園の入口だ。

所在なげに佇みながら、建物の上部を見上げているのだ。

二階、三階と数え、孝はぐっと息を呑み込んだ。

屋根裏に当たる位置に小さな窓がある。

ガラス窓を内側から黒っぽい何かで塞《ふさ》いでいるようだ。

「あそこが屋根裏部屋なんですね」

思わず訊くと、物思いにでも耽《ふけ》っていたのか彼女は驚いたように孝を見上げた。

「少しお話をしてもようございますか？」

公園のベンチに並んで腰かけたタイミングで、ちょうど街路灯が灯る。

時刻《じこく》はまだ五時にもなっていないのに、辺りは既に薄暗くなり始めていた。

控えめに鳴く秋の虫に、夕暮れの風。不安で物悲しく、帰る場所さえないような気分になってどうしようもない。

普段はこんな感傷的な気分になることなどないのだが、さっきの体調不良の続きなのだろうか。どうにも自分らしくなかった。

タケさんは典子とも懇意らしく、典子の心づもりを詳しく知っていた。

「皆さんが来られたのはお弔《とむら》いの料理を作るためだと聞きました」

「お弔い、ですか？」

タケさんの口から出て来た言葉に少し驚く。

亡くなった先代がこの旅館「最期の日」に仁が料理を作ることを望み、その旨《むね》を書き残していたのは知っていたが、『弔いの料理』とまでは聞いていなかった。

弔いとは意外だ。

典子は旅館の売却に反対しているはずだが、実のところ廃業はやむなしと考えているのかも知れない。

「ご不快《ふかい》な話をお聞かせしてすみませんでした。あの人たちったら噂好きなの。旅館にとっては悲しい話ですのにね。呪いだとか祟りだとか」

ため息をついたタケさんは、あの部屋の話を聞かせてくれた。

ずっと前の時代には従業員が寝泊まりするために使われていたこともあったそうだ。

「いつの頃からか、辞めていった人たちからでしょうかね、あそこの屋根裏は呪われているという噂が立ってしまって。それを聞きつけた若い人が肝試しのつもりだったんでしょうけど、真夜中に忍び込んで無理やりお札を剝がそうとして階段から落ちて大怪我をされたこともあったんです」

あんな禍々《まがまが》しいお札を剝がそうとするとは大した命知らずだと思ったが、ちゃんと因果応報で痛い目に遭《あ》ったということらしい。

「しかし、そんな噂が立ったら、客商売としてはまずいんじゃないですか？」

「ええ。怖い物見たさでそれを目当てに来る方もいらっしゃいましたけど、ここはあくまで料理自慢のお宿でしたし、ご主人は屋根裏に通ずる階段を閉鎖《へいさ》してしまわれましてね。奥様も気の毒なことになりましたし、そっとしておいてほしいというのが本音だったのではないでしょうか」

「奥様が、というのは？」

タケさんは「あら、しまった」とでもいうように肩をすくめ、口に手を当て立ち上がりかける。

「まあまあ、ごめんなさい。お喋《しゃべ》りが過ぎましたわね。お引き留め致しました。私もそろそろ戻りませんと」

「ああ、すみません。では一つだけ。あなたはここで働いていて怖いとは思われなかったんですか、あの屋根裏部屋が」

「そりゃ怖いですとも。あんなの普通ではありませんもの」

「でも、他の人みたいに辞めようとは思われなかった？」

「長い付き合いですから。亡くなったご主人も女将《おかみ》さんも」

我が身に起きた異変を考えると、とてもそれでは済ませられそうにない。再度同じことを訊いてみる。

「しかし、実際のところ呪いだの祟りだのって、いくら封印された開かずの間でも客商売としてはいかがなものでしょうね」

実際、もし自分が客で泊まっていて、何かの手違いであそこに迷い込んでしまったとしたら、旅の思い出は台無しだろう。

タケさんはしばし無言で、ゆっくり首を振った。

「ですが、人生なんてしょせん山あり谷ありではございませんか。一筋縄ではいかないもの」

老仲居は静かに続ける。

「誰にだって暴かれたくない秘密の一つや二つはありますでしょう。旅館も同じなんですよ。あれは悲しみや怒り、そういった負の感情を封じた場所。あの部屋があればこそ他の空間は陽の気に満ちているのです。傷を隠しながらも晴れやかに笑う。それこそが旅館の矜持《きょうじ》だと私は思っておりますけれど」

典子がまだ幼少の頃からここで働いていたという彼女の言葉は控えめなのに、反論を許さぬ力強さがあった。

タケさんと別れて、旅館の敷地に戻る。

つい、あの開かずの間のある新館を避《さ》けてしまうのが我ながら情けない。

などと考えているうち、ようやく孝は本来の目的を思いだした。

「忘れてた」

山田だ。山田が見つからないままだ。

すでに日が暮れてしまっている。

電話も圏外のままだ。

いくら何でも昼食後まったく誰も姿を見かけていないというのはおかしい。

「散歩にでも行かれて道に迷ったのでしょうか」

行き合った典子も心配そうだ。

仁はどこかと訊《たず》ねると、旧館の玄関脇、フロント奥にある事務室に案内された。

八畳ぐらいの狭い空間に複数の事務机、キャビネット、複合機が置かれ、壁には一ヶ月の予定を書き込むための大きなホワイトボードがかかっている。

仁はといえば、事務机の上に大量のノートを拡《ひろ》げ、何やら難しい顔で調べ物をしている最中だった。

どれだけ集中しているのか、入口でしばらく顔を眺《なが》めていても気づかない。

「おい、仁。おいって」

注意を引くべくドアを叩いて声をかけると、夢から覚めたような顔をしてこちらを見る。

「いくら何でもおかしいんだ。心当たりはないか」

「山田がいない？　いつからだ？」

いや、三時間ぐらい前に、俺、山田どこ行ったか知らないかって訊いたよな？　とつっこみを入れたくなったが、あまりにも仁が驚いた様子なので黙る。

明日の料理について典子と話したうえで資料を漁《あさ》っていたとはいえ、これはおかしいと孝は思った。

仁らしくないのだ。

この数ケ月、自称見習《みなら》いとして仁の周囲でうろついていたからこそ分かることだが、確かに仁は料理に対して誠実だし、控えめにいっても天才だ。

しかし、そこには常に余裕があった。

仁は寝食を忘れてのめりこむというタイプではないのだ。

今回の料理依頼がこの旅館の行く末を左右するとでもいうのならまだ分かるが、継続するのか売却するのか、東京から来た料理人が料理をする程度でその結論が変わるとも思えなかった。

『弔いの料理』に何を作るつもりなのか知らないが、仁がここまで余裕を失うような事態になっている理由が孝にはさっぱり分からない。

で、今更ながら山田の不在に気づいた仁が慌てているわけだが、これはちょっと見物《みもの》だった。

何があっても表情を変えないあの男が、苛々《いらいら》と立ち上がり、そうかと思えばドサッと音を立てて椅子《いす》に座り、落ち着かない様子で爪を噛んでいるのだ。

爪を噛む仁というのを一体、自分は過去に見たことがあっただろうかと遠い目になってしまった。

「えーと、捜さなくていいのかな?」

そこまで心配なら無理に座っていることもないだろうと思うのだが、仁は首を振った。

「明日までにこの資料を読み込んでおく必要がある」

え、でも、明らかにそわそわしてますよね? そんなんで頭に入ってんのか?

そう言ってやりたいところであるが言わない。孝はこの旅を機に、仁との蜜月《みつげつ》を取り戻すつもりなのだ。

取り戻すも何も、蜜月なんてものは記憶に残る限り過去のどの時点にも存在しなかったのでは、というつっこみはさておき、いつもの調子でケンカを売っては台無しだ。

不本意ではあるが仁の憂慮《ゆうりょ》を消すためにも自力で山田を捜すかと思い直し、部屋を出ようとしたところで、廊下の向こうから虎之介《とらのすけ》がやってくるのが目に入った。

「ふわあぁぁ」

虎之介はのんきに大あくびをしている。

ヤツは午後、散歩から戻った後はずっと、典子の幼い娘、まどかと遊んでやっていた。仁と打ち合わせをする典子の邪魔《じゃま》にならないように、子供の相手を買って出て、二人でそこら中を走り回っていたのだ。

その後は、与えられた客室に戻り、昼寝をすると言っていたはずだ。

まだ眠いのか、むにゃむにゃ言いながら猫みたいに顔を擦《こす》る虎之介に半ば呆れながら声をかける。

「なあ虎、山田さん見てないよな？　午後から連絡《れんらく》がつかないんだ。知らないか？」

答えなど期待せずに言ったのだが、さーっと音がしそうな勢いで虎之介の顔が青ざめていく。

「えっ。嘘。じゃあ、あれって夢じゃなかったのかな」

「夢？」

小さな呟《つぶや》きに思わず立ち止まる。

続いて虎之介は驚くべき言葉を口にした。

「スミちゃん、出てくって言ってた」

「は？　出て行く、とは？　旅先で言うべきじゃない言葉のベスト４入りするレベルで意味不明だが」

「でもそう言ってたもん。捜さないで、私は自由になります。夜汽車《よぎしゃ》に乗って遠くの街へ行きますって」

いや何だよその昭和歌謡《かよう》は、と思ったが色々こじらせているゾンビのことだ。盛り上がったのか盛り下がったのか知らないが、勝手に自己完結してそのような結論に達しても不思議はない。

「職場放棄《ほうき》じゃないか。社会人のすべきことじゃないだろうが」

思わず声が大きくなる。

「知らねえよ。女心も限界だったってことじゃないの？」

「君と女心について論じる気はないが、そんな得体の知れないもののせいにして仕事をないがしろにするとは男女問わず社会人失格だ」

「いやいや、橘グループ。世の中、時には仕事よりも大切なことがおますんや」

などと廊下で言い合っていると、仁が顔を出した。

「おい、うるさいぞ」

「あっ、仁。どうしよう、スミちゃん出て行っちゃった」

虎之介の言葉に仁の顔色が変わった。

「どういうことだ」

虎之介がぷうぅと頰《ほお》をふくらませる。

「だーかーらー何回も言ってんじゃん。女心を何だと思ってんだよ、もうこれは絶対に仁が悪いからな。言うべきことも言わずに誤解されるようなことばっかしてさ、スミちゃんもう我慢の限界だってことだろ」

「山田が？」

そう言ったきり仁は絶句してしまった。

あーちゃー仁、これは動揺《どうよう》してますわ――。

ここまで顔に出るとは、この男にしては非常に珍しいことだ。

世界の終わりみたいな顔をする仁を気の毒に思う反面、虎之介の言う通り、まあ当然かという気もする。

あのエリカの件などはどうだ。

丹羽《にわ》エリカ。

突然、仁というか『出張料亭・おりおり堂』に接近してきた美人ピアニストだ。

細かい説明は端折《はしょ》るが、仁は山田を華麗にスルーしてエリカをエスコートしていったのだ。

いくらエリカが絶世の美女だからといってその変わり身はひどすぎる。

山田を排除する立場の孝ですら、あれはないと思ったのだから、不気味きわまりないゾンビとはいえ、山田が傷ついていないはずはないだろう。

それにしても、と孝は考える。

何故、仁はあれほどエリカを重用《ちょうよう》するのだろうか。

宇山《うやま》宅のパーティーで彼女と出会った瞬間から仁の様子はおかしかった。

一目惚《ひとめぼ》れといえば言えるかもしれない。

確かにエリカの美貌《びぼう》を考えれば、あり得ないことではなかった。

しかし、仁の表情は浮かないもので、エリカにぞっこんという風にも見えない。

どうにも違和感があるのだ。

丹羽エリカ、油断できない女だと思う。

一度、エリカと食事をしたことがあった。仁がエリカに興味を示したように見えたので利用できないかと思い誘ってみたのだ。

その時、孝は食事を楽しむどころではなく呼吸すらままならなかった。

理由は分からない。

孝には食物アレルギーはなかったが、まるでアレルギー症状を起こしているようだと思ったほどだ。

相手が美女すぎて我を忘れたなどというのではなく、とにかくその場から逃げ出したいという強烈な衝動と闘うので精一杯だったのだ。

さらに、『骨董・おりおり堂』のカフェの常連であるタクシードライバーである菜都実《なつみ》から言われた言葉を思い出す。

彼女はエリカに対する警告を述べ、孝に対して山田を守ってやってくれとまで言ったのだ。

だが、周囲がどれほど気を揉《も》もうとも、仁の山田に対する態度は冷たいもの。美貌のエリカの手を取って、呆然《ぼうぜん》と見送るゾンビを置き去りにしたようにしか見えなかったのだ。

「えーと」

目に見えて落ち込む仁に、孝はぽりぽりと頬をかいた。

山田排除を目的として暗躍してきた自分としては願ったり叶《かな》ったりなのだが、ここまでショックを受けられると、さすがに我が兄ながらどうなんだと思わなくもない。

「仁さあ、お前、こうなることは分かってたはずだろ。いや、まさか旅先で出奔《しゅっぽん》するとは思わなかったけど、確かに山田さんからすればしんどかったと思うぜ？」

仁は黙って腕組みしている。

「言葉にしなくても俺の気持ちは分かってくれるってか？　それはないだろ。エスパーじゃあるまいし、他人が何考えてるかなんて分かるわけないんだよ」

ましてや相手はゾンビである。

色々と曲解してヘンな解釈をしている可能性は大いにあった。

仁の焦燥ぶりはひどいもので、事務室の椅子に座り込んで今度は頭を抱えている。

情けないな、おい、と思う反面、こんな仁を見るのは初めてで、こちらまで落ち着かない気分になってしまう。

とりあえず東京の桜子に電話して、心配させないようにそれとなく訊ねてみたが、山田からの連絡はないようだ。

「おばあさまのところに連絡がないってことは、本当に気まぐれでちょっと旅に出ただけで、じきに東京に帰ってくるんじゃないのか」

ゾンビといえども恩ある人の期待にこたえるぐらいの誠実さはあるようで、山田は山田なりに桜子から委ねられた店を守るべく骨董界隈《かいわい》を勉強している。

ならば、山田が逃げたのは『出張料亭・おりおり堂』の方からなのではないかと思ったのだが、そのフォローは余計に仁を落ち込ませる結果になったようだ。

仁はふっとため息をつくと、再び目の前のノートをめくり始めた。

えっ、と声を上げたのは虎之介だ。

「仁。まさかスミちゃん放っておくつもりじゃないよな？　捜しに行こうよ。スミちゃん待ってるって。仁さん来てくれたのね、澄香うれしいって大感激するに決まってるよ」

仁の腕を引っ張り上げようとする虎之介の手を払い、仁は言った。

「それが山田の選択ならば、俺が止めるべきではないだろう」

うわ、それ言っちゃう？　と思う間もなく虎之介が、あーあと大きな声で天を仰《あお》ぐ。

「仁ってば、ホンットどうしようもないんだな。もう俺、知らね。匙《さじ》投げる」

「おい貴様、失礼だぞ。どうしようもないとは何事だ」

孝自身も実は同じようなことを考えたのだが、仁の好感度を上げるためにも虎之介を非難しておく。

「いやいや、だってそうじゃん。救いようがないって」

虎之介は腕組みして、んーと唸る。

「OK分かった、あれだな。俺、映画で見たことあるわ。仁は健《けん》さんなんだよ。男は黙って高倉《たかくら》健。それがあんたの生き方なんだろ？　けどな仁。時代は変わったんだよ。令和の世の中、沈黙《ちんもく》は美徳にあらず。あんなの通用するのは昭和の女の人だけだから」

あいかわらずチョイスが渋《しぶ》いなと感心した。

台詞《せりふ》だけ聞いていると昭和、平成、令和と三つの時代を生きてきたおっさんみたいだが、虎之介は自称成人とはいうものの、未成年の可能性も否《いな》めない微妙な年齢《ねんれい》の若者だ。

しかも、見た目は可憐《かれん》なお人形みたいだった。

ミルクティーみたいなブロンドに緑がかった宝石のような瞳。簡潔に表現するなら蠱惑《こわく》的な美少年そのものなのだ。

にもかかわらず、言うことがいちいちおかしい。

同時代に日本に生きた若者とは何か決定的に感性が異なる気がする。

書物か何かで日本のサブカルチャーを学んで来た知識をもとに喋っているように見えることがあった。

いつだったか、料理修業の一環として共にスーパー巡りをした際に、自分は地球侵略を目論《もくろ》む宇宙人で先遣隊として派遣されて習俗を研究しているようなことを言っていたが、それがあながち冗談《じょうだん》とも思えなかった。

おまけにこいつは出自がさっぱり分からない。

虎之介というのも仮の名だ。

自称記憶喪失《きおくそうしつ》なうえ、いくら調べても手がかりが見つからなかったのだ。

虎之介と初めて会った日、孝は大変不本意ながら横浜《よこはま》で食事を共にすることになってしまった。

その帰路、刺客《しかく》に襲われたのだが、それは孝を狙《ねら》ったものだということで一応は決着した。

だが、色々と解《げ》せない点がある。

さらにその少し前、虎之介にしつこく話しかけてきた謎の外国人の存在も不穏《ふおん》だ。

つまり、こいつは顔だけは超絶可愛いが、その存在は真っ黒、怪しさ満点の要警戒《けいかい》人物ということになる。

しかしながら、懇々《こんこん》と仁に言って聞かせる虎之介に今ばかりは同感だ。

だが、当の仁は相変わらずだんまりを決め込んでいるのだ。

「心当たりはないのか、仁？　お前がどうしても行けないっていうなら、俺が代わりに行ってやるが」

なんで俺がと思いながら、つい仁には甘《あま》くなるのが孝である。

「いや、もういい。お前たちは休んでくれ」

仁は取り付く島なしといった調子だ。

思わず虎之介と顔を見合わせてしまった。

仁にその気がないのならば、自分たちにできることはない。山田だって社交辞令で引き止められたところでありがた迷惑《めいわく》だろう。

正直、開かずの間のことを考えるとこの旅館にいるのも怖いので、虎之介と二人で街に食事に出ることにした。

頑固に行かないと言う仁には、何か買ってきて差し入れるつもりだ。

「んじゃ行ってくるぞ」

ああ、とか何とか短く答える仁に、やれやれと思う。

憎からず思っているはずの女よりも仕事かよ、と言いたいところだが、そもそもヤツは別に仕事をしているわけでもなさそうだ。

一体何をそんなに熱心に調べているのだろうと仁の手許《てもと》を覗き込むと、手書きのノートに何やら細かい文字が書き連ねてあった。

どうやら日記のようだが、そんな場合なのかと思う。

おいおい、お前はここへ料理を作りに来たはずだよな？

首を傾げつつ愛車に乗り込みカーナビをセットする。

さっきの吐き気は何だったのか、けろりと気分が良くなっている。そうなると急に腹が減ってきた。

走馬灯で見たおばあさま手作りの海老チリや小籠包《ショウロンポー》、北京《ペキン》ダックに春巻きが頭の中で大合唱している。

「中華だ中華。こういうわけの分からない気分の時は中華なの」

「ええっ？　寿司っしょ。回らないヤツ」

山田からの情報が得られないのは痛いが、仁の反応がこんなではゾンビだって辛《つら》かろう。

考えてみれば、仁から山田を遠ざけるのが孝の目的の一つでもあったのだ。

何となく腑《ふ》に落ちない気はするが、ならば自分は山田の逃避行を支持するべきなのだ。

助手席の虎之介が自作らしい「回らない寿司の歌」を歌っているのに少々圧力を感じながらも、孝は車を発進させた。

◆

山田澄香は戸惑っていた。

川で親指ピアノという楽器が奏でる不思議に懐《なつ》かしい旋律《せんりつ》に誘われ、見知らぬ男の手に落ちた。

犯人は目の色や髪《かみ》の色こそ違ったが、仁にうり二つの男だった。

声を出せないように口を塞がれ、恐怖で動かない身体を抱え上げるようにして運ばれたのだ。

男は澄香を楽々と抱える。

足場には岩がごろごろ転がり、歩きやすいはずもないのに、しっかりした足取りで進んでいくのだ。

川を上がった林道にRV車が停《と》めてあるのを見て、澄香は渾身《こんしん》の力を振り絞《しぼ》り、男の手から逃れようともがいた。

車に乗せられてしまったら最後、もう逃げられない。殺されると思った。

しかし、仁と同じ顔をした男は澄香の抵抗などまったく意に介した様子もなく、少し拘《こう》束《そく》を強めただけだ。

「おおっと。私のなでしこ、美しい人。どうか怖がらないで、僕を信じて。決して手荒なまねはしないと誓《ちか》おう」

鼻歌交じりにそんなことを言われても、既に手荒なまねをされているこの状況で、誰が信用するというのか。

口を塞がれたまま、もがもがと抗議の声を上げていると、彼が笑った。

「僕もあなたの声が聞こえなくて残念ではあるけれど、ここで叫ぶのは得策ではなかろう、愛《いと》しい人。もし君が叫んで警察が出張《でば》ってくる騒《さわ》ぎになったら、窮地《きゅうち》に陥るのは仁さんだ」

　やはり仁のことを知っている。

　この男は一体何者なのか。これは一体どういうことなのか聞きたい。

　一瞬、抵抗をやめた澄香に向かって男は続けた。

「いいかい？　もし君が騒ぎ立てたら僕は痕跡も残さずこの地から消えるだろう。最初から存在しなかったことになるんだ。つまり、すべての罪は仁さんがかぶることになるというわけ。ねえ君。君はそんなことを望むのかい？」

　正体を知りたければ黙って自分についてくるよう言うのだ。

　澄香の頭を過《よぎ》ったのはこの一帯の旅館やホテルで盗《ぬす》みの被害が続いているという話だった。

　すべての罪とは？

　目の前のこの男がその犯人だということなのか。

　混乱しながらどうにか考えようとするが、まったく頭が働かなかった。

　あれよあれよという間に車の助手席に乗せられ、シートベルトをされる。

　走り出す車の中で叫んだところでもう手遅れだ。

「失礼。あなたには怖い思いをさせてしまって申し訳なかった。心からお詫《わ》びを申し上げよう。もう少し紳士《しんし》的にお招きしたかったのだけど、時間がなくてこのように強引な手段を取らざるを得なくてね。赦《ゆる》しを乞《こ》うよ、美しい人」

歯の浮くような言葉と大袈裟《おおげさ》な物言いに、澄香は何とも言えない気分で身を縮《ちぢ》めた。

こんな風に仁そっくりの顔で人好きのする笑みを浮かべているこの人物は一体何者なのか。

怖い、のだが、どこかで怖がっていない自分がいる。

仁と同じ顔だからなのか——。

いや、そう思わせるのは触れ方のせいかも知れないと澄香は思った。

男は澄香の身体を拘束し、担ぎ上げるようにしてここまで来たわけだが、その手つきにはいやらしいところが一切なかった。

紳士的というか、儀式的な印象さえあるのだ。

身体的接触を最小限に留《とど》めるだけではなく、触れている場所にも配慮《はいりょ》しているようなのだ。

もちろん経験はないし、そんな優雅《ゆうが》な状況とはほど遠いのだが、何となく西洋の騎士が女性をエスコートするようなやり方に近い気がした。

口を塞がれた手はいい匂《にお》いのする手袋で覆われているし、澄香の呼吸が苦しくないよう気づかわれている。

紳士的怪盗、という言葉が浮かび、思わず警戒を緩めそうになって澄香は慌てて気を引き締めた。

世の中にはにこにこ笑いながら人を殺す猟奇《りょうき》的な殺人鬼だっているのだ。絶対に油断はできない。

山道を十分も走っただろうか。

舗装《ほそう》道路から脇に逸《そ》れ、じゃりじゃりとタイヤが砂を踏む音がして車が停まった。

澄香は抵抗を示そうとしばらく車の中にとどまっていたが、男はドアを開けたまま執事《しつじ》よろしく立っている。急《せ》かすこともなく澄香が動き出すのを待っているのだ。

車外から冷たい風が吹き込んで来る。濃い樹木と土の匂いがした。

ここでこうしていてもどうにもならないかと覚悟を決めて、澄香はようやくシートベルトを外した。

「ようこそ、私の山城《やまじろ》へ」

男がうやうやしく、手のひらで示す方を見ると、開けた場所に古ぼけたプレハブ小屋が建っていた。

その手前にテントが設営してある。

といってもテントと呼ぶのが正解なのかどうかアウトドアに疎《うと》い澄香にはよく分からなかった。

テント生地《きじ》でできた幕で三方を囲っており、前面は開いている。

上部から斜めに延びた幕が開口部を覆う形で日よけとなっているのだ。

生地がカーキ色のせいか、備品の仕様のせいなのか、全体にミリタリーっぽい印象だ。

日よけの下の地面にはたき火用だろう、金属の台が設置され、薪《まき》が積んであった。

テントではなくタープと呼ぶらしい天幕の中には簡易ベッドがあり、その上で何かが動くのを見て、澄香ははっと身を固くした。

誰かいる。

仲間がいたのか――。

仁によく似たこの男が紳士的だったからといって、仲間もそうだとは限らない。

身をすくませた瞬間、寝袋らしきものがもぞりと起き上がった。

寝袋を羽織った人影はノートと鉛筆を手に持っていて、澄香は一瞬、悪の一味の経理係かと場違いなことを考えてしまった。

「あ。カゲオおかえり……」

そう言った口の形のまま、びっくりしたような顔でこちらを見ている。

澄香もびっくりした。

子供だ。

こんなところに何故子供が？　と思いながら、どこかで聞いたような声に首を傾げる。

男がそっと澄香の肩を押す。

「寒いだろう？　日没近くなると、どんどん気温が下がっていくのが山の暮らしでね。峻厳《しゅんげん》な自然も君のような美女が傍《そば》にいれば楽園へと変わるが、我らが女神に風邪《かぜ》でも引かせては男の名折れ。さあ、中へどうぞ、私のなでしこ。天上の美布とはいかないがこんな空間でも風を通さない分いくらかマシだろう。未来《みらい》、幼くも誇り高き戦士よ。こちらの美女のために少し場所を空けてくれるかい」

ぶ厚すぎる天ぷらの衣《ころも》みたいな台詞の大半を澄香の脳は切り捨てたが、未来という名は聞き逃さなかった。

「やっぱり未来だよね？」

おそるおそる言うと、少年が目を見開く。

「やっぱり。あん時のヘンな女！」

大声と共に、がばっと起き上がり、そのままベッドを蹴《け》って立ち上がろうとした未来は寝袋に足もとをすくわれ、転がりそうになって大笑いしている。

彼は寝袋を足にまとわりつかせながら前のめりにやって来て言った。

「あんたがいるってことは、やっぱこいつは仁になるんだな」

「んん？」

仁の名を出す以上、彼はやはりあの時の劇団の子だ。

しかし、「こいつは仁になる」とはいったいどういう意味なのか——。

今年の梅雨《つゆ》、澄香は仁を捜して大阪《おおさか》に行った。

仁の祖父《そふ》のマグカップを不注意で割ってしまったことを謝罪するのを言い訳に、その実、いつまで経《た》っても帰ってこない仁に焦《じ》れたのだ。

捜し当てた仁は、何故か大阪で大衆演劇の一座に加わっていた。

信じられないことにまかないの食事を作ったり劇団の裏方の仕事を手伝ったりしていたのだ。

澄香が言うのも何だが、カタブツというか唐変木《とうへんぼく》というか、ぶっきらぼうを絵に描いたようなあの仁が、である。

一座の名は劇団紙吹雪《かみふぶき》。

こぢんまりした芝居《しばい》小屋の中、色とりどりのスポットで照らされた舞台は夢のように華やかだが、一歩舞台を降りると、楽屋裏は目の回るような忙しさだった。

澄香はその折、仁がこれまでに見せたことのない表情で、いきいきと走り回っているのを見て衝撃を受けたのだ。

未来とはそこで出会った。

翔月《しょうづき》未来、劇団の座長の息子《むすこ》にあたる小学生の男の子だ。劇団きっての名子役なのだ。

常に旅をしている一座は一つの場所にとどまることができない。

小学生ながら未来もまた劇団の移動に伴って一月《ひとつき》ごとに転校を繰《く》り返す日々を送っていた。

友達と遊ぶ暇《ひま》もなく台詞を覚え、夕方からは舞台に立たなければならない。

そのことについて未来は達観しているかのような態度だった。

大人びているというのか、人を食ったところのある生意気さで周囲の大人を煙《けむ》に巻《ま》く未来だが、たまたま宿題を見てやることになった澄香には心を開いてくれたようだ。

もっとも、その理由は「あんたは女らしくないからな」だったので喜んでいいのか微妙なところではあったのだが。

「なあ、なあ、あんたなんでこんなとこにいるんだ？」

大阪で見せた気難しさが嘘のように、未来は嬉《うれ》しさを隠せない様子で寄ってきた。

「それはこっちの台詞だよ。ってか、私はこの人が突然……」

ほおぅという声に振り返ると、男が面白そうな顔で澄香と未来を見比べている。

「あなた方は知り合いだったのか。これは驚いたな。ああ、こんな時、実感するね、地球は丸い。そして人生は奇妙なロマンに満ちている」

「いや、地球の前に単に日本が狭いだけだと思うぞ」

未来の容赦《ようしゃ》ないつっこみを涼しい顔で受け流し、男は人差し指を立てて天を示し、いたずらっぽく笑った。

「ところで、マスター未来。時間は大丈夫《だいじょうぶ》なのかい？」

「あっ、やべっ。姉《ねえ》ちゃん、まだいるよな？　まだ帰んなよ。また後でな」

未来が慌てて寝袋から抜けだし、ベッドの下に脱いであった靴をつっかけてばたばたと駆けだしていく。

未来が放り出していったノートを拾い上げてみると、何やら小難しい数式が書かれていた。

「うわぁ」

学生時代、数学があまり得意ではなかった澄香としてはついしょっぱい顔になってしまう。

澄香の手からノートを受け取った男が、愉快そうに目を輝《かがや》かせて数式を眺めている。

「うん正解だ。なかなかやるね、彼は。小学生でこんな数式が解けるとは将来有望ではあるまいか。ああ、これかい？　彼がね、算数が好きだっていうからちょっとばかり時計を前に進めてみたのさ。数学の考え方を少し教えたらどうだ。めきめき伸びていくじゃないか。実に嬉しい驚きだよ。ねえ君、教え甲斐《がい》のある生徒と接するのは教師にとって最上の喜びだと思わないかい？」

「はあ……。じゃなくて、どういうことなんです？　まさか未来も、私と同じようにさらってきたんですか？」

とがめだてる調子に、男は肩をすくめた。

「おぉ、何という尖《とが》った物言い。そして険しい表情。美しい顔が台無しだよ、私のなでしこ。ああ、ひどい誤解だ。あなただって僕はご招待申し上げただけ。さらってきたつもりはなかったのだが」

口角を上げておどけたように笑う。

仁とよく似た顔であっけらかんと言われ、澄香の脳内は混乱した。

「口を塞いで無理やり車に押し込むのをご招待って、悪趣味だと思う」

男の顔が真顔に変わる。

「それについては何度だって謝罪しよう。やむを得ないとはいえ、あなたを怖がらせてしまったことに赦しを乞いたい」

男は右手を胸の下に当て、右足を引き、左手を宙に伸べ、うやうやしく頭を下げた。

男の服装は黒のパーカにカーキのジャケット、同色のカーゴパンツにミリタリーブーツだ。この場に相応《ふさわ》しい機能的なものなのに、その立ち居振る舞いは非常に優雅で、本物の騎士でも前にしているかのような気がして、澄香はいたたまれない思いでいる。

ああ、これが仁さんならどんなによかっただろうか——。

非常時だというのに澄香の思考は妙な方向に向く。

たとえコスプレであったとしても、あの仁が騎士の姿で目の前に現れ、こんな風に振る舞ったらと想像しただけで正直、滾《たぎ》る。

澄香は妄想《もうそう》世界の住人だった。

しかし、今はそんなことを言っている場合ではない。身の危険がさし迫っているのだ。

「さらって来たんじゃないなら、どうして未来がこんなところにいるんですか?」

澄香の問いに男はにこにこ笑いながら頷いている。

太陽が沈み、辺りからは急速に光が消えていく。

至近距離でよく見ると、男の顔は仁そっくりとまでは言えない気もする。

外国の血を強く感じるのだ。

パーツを一つ一つ見ると、やはり別人だと分かる。しかし、全体の印象やどうかした拍子《ひょうし》の表情が驚くほど似ていた。

とはいえ仁がこんな風に屈託《くったく》ない笑顔を見せたことはこれまでに一度もない。

こちとら、もうずっとほとんど動かない表情筋を見慣れてきたのだ。

どうしたって頭が混乱する。

澄香の脳内の混乱をよそに男は人好きのする笑顔を浮かべると、面白そうに片目をつぶった。

「百聞《ひゃくぶん》は一見《いっけん》にしかずと言う。それでは禁断の扉を開いて未来の秘密を覗いてみよう」

「は……?」

促《うなが》されるまま、山道を少し登る。そこから木々の間を縫《ぬ》うようにして細い道が緩いカーブを描きながら下っているのが見えた。

道といっても下生《したば》えの草木が踏みしめられるうちに形になったようなものだが、傍《かたわ》らに矢印の形をした小さな標識が立っている場所に出た。木製の看板に黒いペンキで文字が書かれている。

『御蔭洞穴』と読めた。

「おかげどうけつ?」

「みかげと読むそうだよ」

仁によく似た声で男が言う。

温暖な土地だが、暦《こよみ》の上ではもう師走《しわす》。晩秋《ばんしゅう》というよりは初冬だろう。山の中はひどく寒い。日没後どこまで気温が下がるのか見当もつかなかった。

ホーホーと気の早い梟《ふくろう》の声がこだまする。緑の匂いが濃い。鬱蒼《うっそう》とした木々の間、獣道のような坂を下っていく。

「あれをご覧」

男が指し示す方に目をやると山の斜面にぽっかりと口を開けた洞穴のようなものがあった。

すぐ脇には太い倒木が横たわり、苔《こけ》や草の緑に侵蝕《しんしょく》されている。

段々、周囲が暗くなっているようだ。

空を見上げると、高い木々の梢《こずえ》の先で鱗雲《うろこぐも》が朱色に染まっている。

ざわざわと木々が風に揺れた。

思った以上に日没が早い。

男に従うフリをして隙《すき》を見て逃げ出すつもりだったが、日が暮れた後で山中をさ迷うなんて、さすがに危険だと分かる。

こうなったら車を奪って未来を連れて逃げるしかないのだろうか——。

そんなことを考えながら、言われるままに物音を立てないよう気をつけて洞穴の中を覗いた澄香は、えっと言葉に詰まってしまった。

洞穴内部は明らかに空気が違う。

気温は低い。それでいて、洞穴の中にわだかまる空気は妙に粘度《ねんど》が高く、じっとりと肌《はだ》に絡みつくようで息苦しさを覚える。

かすかに厭《いや》な臭気《しゅうき》も感じた。獣臭いようであり、卵が腐《くさ》ったようなものに甘ったるいものが混ざっているようなのだ。生理的嫌悪感とでもいうべきものを抱かせる。

さほど広い空間ではなかった。せいぜい二畳あるかどうかだろう。

澄香の肩の高さに張り出した岩の上ではちらちらと蠟燭《ろうそく》の炎《ほのお》が揺れ、洞穴の壁や天井に影を投げかけている。

洞穴の奥、未来の後ろ姿の向こうに小さな祠《ほこら》のようなものが見えた。手のひら程度から子供の頭ぐらいはありそうな石を積み上げて作られているのだ。中に収められているものは暗くてよく見えないが、丸みを帯びた細長い石のようだ。その前に供物《くもつ》だろうか、小さな皿や花、そしてジュースのペットボトルが並べられている。

祠の前で跪いた未来が頭《こうべ》を垂《た》れていた。

これがお地蔵《じぞう》さまならば微笑《ほほえ》ましい光景なのだろうが、目の前の景色は何故か少し禍々しいもののように感じられた。

一体どうしてそんな風に感じるのか。洞穴内の空気のせいなのか、未来が拝んでいる祠がいささか不気味な形状だからなのか、自分でもよく分からなかった。

身じろぎもしない未来の後ろ姿を見やりながら、仁にそっくりな顔をした男が小声で囁《ささや》く。

「地平線から朝日が顔を出す瞬間、そしてその日の太陽が空に残した最後の光の一筋が消える時間。どちらも神々《こうごう》しくて僕は好きだけど、昼と夜、明と暗の勢力が塗《ぬ》り替わるその時間、彼はここで跪いて祈りを捧げている」

先に洞穴から出て、足場の悪い場所で澄香をエスコートするように手を差し伸べながら男は続けた。

「ここは御蔭《みかげ》様の門と呼ばれる祈りの場。彼は四十日の間、朝夕祈りを捧げ続けるつもりだそうだよ」

なんで未来がそんなことを？　というのが正直な感想だった。

男の言葉を信じるならば未来は一人でここまで来たらしい。

「あんな小さな子が一人でこんな山に？」

「そう。だからこそ僕は深い祈りを感じたし、彼の真摯《しんし》さに打たれ、警察に連絡するのを見合わせているという次第さ」

何事にも大袈裟な物言いをする男だが、時々思慮深さを感じさせる。

その彼が言うには一昨日、この山で野営をしていた男の前に突然、未来が現れたのだぞうだ。

「驚いたよ。話を聞けば、彼は麓《ふもと》の街から通うのではなく、この山に四十日間とどまると言うんだ。クレージーだろ？　しかも彼の持ち物ときたら、小さなリュックに菓子パンが二つに小さなペットボトルが一本きりだ。もしや小さな自殺志願者かと思って、さすがに少しばかり慌てたものさ」

一応、男も家に帰るよう促しはしたそうだ。

「何なら車で街まで送るよとも提案してみたんだが、マスターの意思は固くてね。絶対に帰らない、四十日ここにいるの一点張りさ。それならばせめて、と我が山城にお招きした次第だ」

ウインクして小さな声で言い添えるのも忘れない。

「明日、僕は山を下りる。その際、うまくいけば保護者に接触するつもりだよ。ただし、今、仲間が彼の帰るべき場所に虐待《ぎゃくたい》や犯罪がないということを調査中だ。その内容いかんによっては別の方法を考えよう」

男の言うことが本当ならば、彼は未来を保護していることになる。

というか仲間が調査中とは？

ますますこの男の正体や、澄香をここへさらってきた目的が分からなくなった。

「四十日には何か意味が？」

黙っているのも気まずく、澄香は訊いた。

足場の悪い山の中だ。毎日ここへ通い続けるのは相当な覚悟が必要だろう。

お百度参《ひゃくどまい》りというのは聞いたことがあるが、未来はこの洞穴に何かの願掛けをしているのだろうか。

「この洞穴は御蔭信仰の聖地らしい。四十日間欠かさず通い続けて祈りを捧げれば、満願《まんがん》成就《じょうじゅ》。願いが叶うそうだよ」

「ミカゲ信仰？」

初めて聞いた。何だかよく分からないが、小学生がそこまでするなんて並大抵のことではない。

「日本人の感覚としてはどうだろうね、この話」

「え、それはまあ、お百度参りとか、四国巡礼《しこくじゅんれい》とか、お祈りしながら願掛けをするのはよくあることだと思うけど……子供がやるのはちょっと違和感があります」

澄香の言葉にンフ、とも聞こえる外国風の相槌《あいづち》を打ちながら男は頷く。

「未来はそこまでして何かを願ってるってこと？」

「彼は自分の人生と真剣《しんけん》に向き合い、運命を変えようとしているんだ。その純粋《じゅんすい》な覚悟を頭ごなしに否定するのは簡単《かんたん》だが、何をもってそれができる？　大人だからかい？　子供は無知だからよりよき道を示さねばならない？　どうだろうね、僕はそれほど傲慢《ごうまん》にはなれないよ」

洞穴に向かって目を向けながら言う彼に、澄香はそれ以上のことを訊けなかった。


パチパチと音を立てて薪が燃えている。

火の傍にいると顔がほてってくるようだ。

日暮れた山中の野営地で、澄香はおもてなしを受けていた。

男の名はカゲオ。とても本名とは思えないが名前を訊ねたところ、未来と同じように呼べばいいと言われたのだ。

カゲオはたき火に渡した木の枝《えだ》に鍋をかけ、炭《すみ》を熾《おこ》してダッチオーブンの蓋《ふた》に載せて、と何種類もの料理を同時進行で作っていた。驚くばかりの手際のよさだ。

水は後ろのプレハブ小屋で汲めるらしいのと、下ごしらえは既に済ませたものを煮たり焼いたりして仕上げる作業が主なようだ。

澄香はついいつもの癖で手伝おうとして、「こういう時は美女は座って待つものだ」とにべもなく断られた。

美女かどうかは知らないが澄香は拉致《らち》されて来たのだ。よく考えれば手伝う義理もないかと思い直す。

澄香はスマホを見やり、落ち着かない気分でいた。

未来がいるとはいえ正体の知れない男と山の中に取り残されているのは怖い。

スマホの表示は相変わらず圏外だ。

みな心配しているだろうと思うととても座っていられなかった。

特に一緒にいた虎之介からすれば、川原を歩いている時に澄香が消えたのだ。川に流されたとかで大騒ぎになっていたらどうしよう。虎之介が責任を感じて必死で捜し回っていたらどうしようと思うと、胃の辺りがきゅっとなった。

もしかすると、この辺りにも捜索の手が近づいているかもと、カンテラを借りてそこいらを見て回ったが周囲は不気味に黒いばかりで何も見えない。

明かりの中を大きな蛾《が》や蝙蝠《こうもり》などが横切り、ついには正面から飛び込まれて澄香は小さな悲鳴をあげた。

「おお。虫さえも君の魅力に惑わされたか、自ら炎の中に飛び込んで行く哀《あわ》れな虫。恋《こい》の情熱に我が身を焦がすその愚《おろ》かさを僕は愛おしく思う」と言われ、ははっと力なく笑うばかりだ。

「あのー。そういうのもういいんで帰らせてもらえませんか」

あれだけ甘ったるい言葉を垂れ流しにしているくせに、男は両手を挙げて澄香を制する。顔は笑っているのに強い拒絶だ。

「いくら君の申し出でもそれは聞けない。いいかい？　今夜の君は囚われ人なのだ。何も心配することはない。君に落ち度はないのだから、君はただ僕を憎んでいればいい」

「憎む？」

思わず聞き返してしまった。

「当然だろう。僕は君をさらった犯人なんだから。ああ、うるわしのなでしこ。僕は哀れな恋の奴隷《どれい》。そして今夜、僕はロマンスの盗賊《とうぞく》へと身を落としたのだ」

「いやいやいや……」

ハーレクイン小説ならばいざ知らず、実際に耳にするにはあまりにも過剰な言葉の洪水に思わず両手を挙げてしまった。

スーパーで試食販売を勧《すす》める達人販売員並みの押しの強さだと思う。

「さあ麗《うるわ》しのレディ。山の中での無骨なディナーではあるけれど心を尽《つ》くして用意したもの。さあ、お席へどうぞ」

「はあ……どうも」

にこにこと悪びれない様子を見ると、つい笑い返してしまいそうになり、澄香は慌てて表情を消した。

火の傍に用意されたディレクターチェアに座ると、すかさずブランケットを膝《ひざ》にかけられる。

手渡されたのはホットワインだ。

まさか毒を盛られるとまでは思わなかったが、何となく作る工程を見守っていた。

赤ワインにオレンジの輪切り、はちみつ、シナモン、クローブなどのスパイスを入れて、煮出すのだ。

彼は上手に鍋を遠ざけて、ワインを煮立たせないよう注意しているようだった。

カゲオの料理はアウトドアにふさわしいワイルドさなのに、要所要所に繊細《せんさい》さを感じさせる。

不思議な人物だった。

金属製のマグカップに入ったホットワインに口をつける。

ふわっと顔にかかる湯気がもうワインの香りだ。アルコール分を飛ばしてあるとはいえ適度に残してあるのだろう。たちまち酔《よ》ったようになる。

火傷《やけど》しないように慎重に口をつけると刺激的なスパイス、さわやかなオレンジにはちみつの甘さが拡がった。

昼間は十二月とは思えない陽気だったが、さすがに山の夜は冷える。少し川を散策するつもりだった澄香には防寒の備えなどなく身体が冷えきっていたから、温かいワインは有り難かった。

未来はポットで沸《わ》かした湯を使いホットカルピスを作り、ふうふうしながら飲んでいる。

「さあ、どうぞ。まずはアントレといったところかな」

そう言って渡されたのはステンレス製のプレートだ。

飾りけのないシンプルなものでプレートに凹凸《おうとつ》をつけて大小六個に仕切られている。軍用なのかも知れない。

そこに載せられている料理を見て、あれ？　と思った。

プレートの脇にある小さなポケットに入っているのが和食のように見えたからだ。

飲み物と違い、さすがに抵抗があったのだが、隣でいち早く箸《はし》をつけた未来が「うっまー」と声を上げ、こちらを見る。

「大丈夫だって、姉ちゃん。そりゃ仁には負けるけど、こいつ料理の腕は確かだからさ。

食べてやってくれよ」

「あー、うん」

未来はカゲオを何故か弟分のように思っているようで、そんな風に勧めてくる。

澄香は意を決し、渡された割り箸を手にした。

和《あ》え物《もの》らしきものがある。

見た目は白和《しらあ》えのようだが、黒いのだ。

「これは黒和え……ですか」

「ははっ、そりゃあいい。まあどうぞ召し上がれ」

口にして分かった。

白和えの和え衣に通常は豆腐を使うところ、胡麻《ごま》豆腐にアレンジしているようだ。

胡麻の香りもさることながら非常にコクのある仕上がりだった。

さらに珍しいことにはチーズとベーコンが入っている。

澄香は舌の上で転がるチーズの味を無意識に分析していた。

クリームチーズかと一瞬思ったのは同じような料理を最近食べたからだ。

作り手は仁。アミーガ宅で行われた仁の帰還を祝う宴に出されたものだ。

アミーガ、カイカマヒネ、マルルリアンという三人の目利きが集めてきた「これぞ」という自慢の食材を活かすために作った料理の一つが白和えで、大根にいちじく、クリームチーズにかりかりに焼いたベーコンを混ぜ込んであった。

そこはさすが仁。和洋折衷《わようせっちゅう》ながらきちんと和食の味がする絶品だったのだ。

カゲオの作った〝黒和え〟はそれよりもさらに洋風の方へ寄っている。

「んー」と澄香は考えた。

不思議な味わいだ。

ちょっとエスニックな感じもある。

ようやく分かった。

これはカマンベールチーズだ、きっと。しかもそのままではなくてカマンベールをスモークしてある。桜のチップを燻《いぶ》した香りでそれと分かった。更にはかりかりに焼いたベーコン。

「これって、もしかして」

「どうかしたかい？」

小さな呟きを拾われて、あ、いえ……と首をふる。

続いて金属製の持ち手のついたスープカップを渡された。

洋風のスープかと思ったら、上品な和風だしの香りがする。

しかも、いい焦げ目のついたお団子が中央に鎮座《ちんざ》していて、三つ葉が載っている。

団子の部分を一口食べてびっくりした。

蟹《かに》しんじょだった。

吸い物の部分もきちんと取ったかつおと昆布《こんぶ》のダシで、とてもおいしい。

やはりアミーガ宅で仁が作った椀《わん》ものが海老しんじょだったのだ。

これは偶然なのだろうか？

澄香は何とも言えず心がざわつくのを感じていた。

「さあ、どうぞ。揚げたてだよ」

そう言ってプレートに盛られたものを見て、澄香は目を見開く。

ダッチオーブンで揚げ物をしているのは音と匂いで分かっていた。

だが、アウトドアでする揚げ物なのだ。フライドチキンやポテトだろうと予想していたのだ。

しかし、これはまるで……。

思わず箸を止める澄香に、炎の向こうで折り畳みの椅子に座ったカゲオがにっと笑う。

「吹き寄せっていうそうだよ、こういう料理。自然の造形に見立てているというのだろうかな。実に日本人らしい発想だ」

「ふきよせ？」

隣の未来が澄香のプレートを覗き込む。

「ふうん、大人用か。いいもんねー、俺はうまい方を取る」

「ははは。そうだな、こういうのは大人になってから堪能《たんのう》しても遅くはない」

そう言って未来の頭をわしわしと撫《な》でている。

未来のプレートに載っているのはチキンとポテトのようだ。

澄香のプレートには素揚げにしたれんこん、きのこ、ぎんなん、下味をつけた小芋《こいも》。ここまでは偶然と言い切れるかも知れない。

しかし、苦みのある茶色の何かを口にしたところで確信に変わった。

これはあけびの皮だ。

楽しげに歌を歌いながら料理を作るカゲオの後ろ姿を信じられない思いで見る。

続いてプレートに載せられたのはベーコンエッグだった。

好みの焼き加減を訊かれ、オーダーした通り、未来は固焼き、澄香は半熟《はんじゅく》の見事な焼き上がりだった。

強い火力でカリカリに焼けたベーコンも、とろりと流れる絶妙な半熟の加減も文句のつけようのないものだ。

だが、これは……。

澄香は全身に鳥肌が立つのを感じ、そわそわと立ち上がりかけたが、思い直して座った。

「さあ、メインディッシュが焼き上がったぞ」

朗々《ろうろう》と歌うような声に「やったー」と未来がプレートを持って立ち上がる。

ぶ厚い革のグローブをした手がトングを摑《つか》み、ダッチオーブンから取り出したのは骨付きのもも肉だった。

甘辛《あまから》い味つけに山椒《さんしょう》が香る。

つきだした骨をペーパーナプキンでくるみ豪快に囓《かじ》れば、じゅわっと脂《あぶら》が拡がり、弾力のある肉がほろりと崩《くず》れた。

ここまで揃《そろ》えば偶然などであるはずがない。

これは先日、アミーガ宅に招かれた際、仁が作ったものとまったく同じものだった。

久々に『出張料亭・おりおり堂』を迎えるため、アミーガたちが喜んで調達してきた材料が地鶏《じどり》やきのこ、ベーコンなどだったため、素材を最大に活かす目的で仁が選んだメニューなのだ。

でも、まだ偶然と言えなくもないのでは？

第一、白和えが黒和えだったし、海老しんじょが蟹しんじょだった。

似ているのは似ているが微妙にズレがあるのだ。

ちょうど、カゲオと仁がとてもよく似た見た目でありながら決定的に何か違うのと同じようだ。

澄香はどきどきと忙《せわ》しない胸を押さえながら考える。

そうだ、あの時の料理がそもそも山賊の宴みたいだったのだ。山の中で作るアウトドア料理と似通ってもそんなに不思議はないんじゃないか、と自分を納得させてみる。殺されるかも知れないという恐怖や緊張《きんちょう》は今の時点では薄らいでいた。

未来の登場がそうさせたのだろう。

いや、そもそも未来がこんなところにいるのもおかしいし、あんな洞穴に日参して祈っているというのも彼らしくない気がする。

ぽろん、ぽろんと雨粒《あまつぶ》が水面を叩くみたいな音が聞こえた。

たき火のそばでカゲオが親指ピアノを奏《かな》でているのだ。

とても悲しく、どこか懐かしいメロディに合わせてカゲオが歌い始める。

カゲオはとても歌がうまかった。

仁とよく似た声質にたっぷりの甘さが含まれた歌声に思わず聞きほれてしまう。

言葉は分からない。英語ではないようだ。スペイン語のようにもフランス語のようにも聞こえる。

「鳥のように山へ逃げよって曲なんだってさ」

未来が小声で囁く。

闇の中、パチパチと爆《は》ぜる炎、親指ピアノの音色、哀愁《あいしゅう》漂《ただよ》う旋律。

聞いていると身体が温かい何かに包まれ、夜の中にたゆたうような不思議な感覚があった。

これは夢なのかも知れないと思った。

きっと川原でさらわれたところから夢なのだ。

そういえば、と澄香は思い出した。

一週間ほど前に劇団紙吹雪の若い女役者、あきらから仁宛てに電話があったのだ。

仁がいなくなった劇団は案の定、主に食事面が立ちゆかなくなっていて、劇団きっての老名優、本条《ほんじょう》トメイが退団すると言っているらしい。

仁は断ってはいたが、実際のところ優しい性格の彼のことだ。気にならないはずがなかった。

澄香も内心、劇団のその後が気になっていたので、夢に未来が出てきても何の不思議もないのだ。

「秋の味覚にも色々あるが、最高にうまいものを炊《た》き込んでみたんだ。さあ、お味はどうだろうか？」

などと言いながら大きなスプーンでプレートによそってくれたのは、まいたけやしめじ、ひらたけなどをふんだんに使った炊き込みごはんだった。

もはや疑うまでもない。

無邪気にうまぁいと喜んでいる未来は知るはずもなかったが、カゲオが作った料理はすべてあの日の再現なのだ。

「おや、どうしたんだい？　箸が進まないみたいじゃないか。お口に合わなかったかい？　私のなでしこ」

「いえ……」

先ほどから再三聞いた気がするが、なでしこって一体何だろうという疑問はさておき、味はおいしいのだ。絶品といってもいい。

しかし、味つけは仁と違った。

まずいわけではない。こちらはこちらでとてもおいしいのだ。全体的にスパイシーというのか、分かりやすいというのか、メリハリがついている印象だ。

しかし、ここまで何もかも揃っているのに味つけだけが違うというのが逆に不気味な気もする。

一瞬、三人ともが黙った瞬間、静寂が降りた。ぱちぱちと薪の爆ぜる音と風向きが変わったせいでまともにこちらに吹きつけてきた煙が目にしみ、鼻につんと来て慌てて立ち上がった。すかさずカゲオが手を出して椅子を移動させてくれる。

何をどう切り出せばいいのか分からず、澄香は疑問に感じていたことを口にした。

「このメニューなら何故お造りがないのかなと思ったので」

「へ？　何言ってんだ姉ちゃん。山ん中だぜ？」

未来が呆れたように言う。

そんなことは分かっている。

だが、お造りはあの日にあって今夜のメニューに含まれていない唯一《ゆいいつ》のものなのだ。

果たして男は何と言うだろうか。

無意識に息を詰め、答えを待つ澄香にカゲオは愉快そうに笑った。

「そうだね。これは和食でおもてなしという究極のチャレンジだ。刺身《さしみ》は不可欠の存在ではあるのだろうな。僕としても是非用意したかったんだが、ここで用意するとなると渓流釣りから始めなきゃならないだろ。少々時間が足りなくてね。残念ながらご用意できなかったという次第さ」

「再現できなかったの間違いでは？」

澄香の言葉にカゲオは肩をすくめた。

「再現？　どういうことさ？」

未来の問いにかいつまんで事情を説明すると、驚くかと思った彼は意外にも深々と頷いただけだ。

「あーありそう。カゲオあるあるだよなそれ」

「え。なんで？　あの日のメニューって仁さんオリジナルだし、参加者の方もSNSなんかに上げたりはしてないはずだよ。メニューがかぶるのはあり得るかも知れないけど、白和えが黒和えだったけどベーコンとチーズだとか吹き寄せにあけびの皮とか、そんなの絶対に偶然のはずがないじゃない」

盗撮とか盗聴とかいう不穏な考えに思い至り、ぞっとする澄香に、未来は何を当たり前のことを、と言わんばかりの顔をした。

「そりゃ分かるだろ。えーと、ほら以心伝心《いしんでんしん》ってヤツ？」

「いや待って何それ。なんで？」

お互いに顔を見合わせ、次いでカゲオの顔を見る。

澄まし顔でたき火のそばに膝をつき、木の枝で炎の中の薪を転がしていたカゲオが顔を上げた。

「君の様子に妙なものを感じてはいたが、なるほど、そういうことか。分かったよ、なでしこの君。要するに僕の作ったディナーと仁さんが作った料理が酷似《こくじ》していたってことだね。そして、その事実に君は釈然としないものを感じていると」

頷く澄香にカゲオは嬉しげな顔をした。

「不思議に思うのは無理もないが、これはシンクロという現象だろうな。双子《ふたご》の場合、別々に育った二人の考え方や好みが似通っていることがあるという。それと同じさ」

「仁さんとシンクロしてるってこと？　あの、もしかしてあなた方本当に双子なんですか？」

「違うって」

驚愕《きょうがく》する澄香をなだめるように思慮深そうなまなざしで未来が言う。

「ほら、こいつは仁の影だからさ。自然とそうなるんだと思う」

「影？」

「そ。御蔭様だよ」

そう言って、未来が口にしたのは信じ難い話だった。

御蔭様とは未来が日参している例の祠のことだ。正確にいえば、そこに祀《まつ》られている「何か」ということになるだろうか。

先ほどカゲオはあの祠に四十日間朝夕通い続けることで満願成就すると言った。

その満願が成就したあかつきには、もう一人の自分が生まれ出るというのだ。

「え、冗談だよね」

そんな気持ち悪いことと言いかけたものの、未来の真剣な表情を目にした途端《とたん》、簡単に笑い飛ばしてはいけないような気になった。

「俺は信じてるよ。このカゲオが何よりの証拠《しょうこ》だもん」

未来の揺るがない瞳に思わずカゲオを振り返る。

「証拠って。それじゃこの人がもう一人の仁さんだって言うの？　この洞穴から生まれたと？」

そんな馬鹿な話があるわけがない。他人のそら似に違いないのだ。

カゲオはと見ると、何ともいえない困ったようなおかしいような顔で肩をすくめている。

この男は未来を騙《だま》して悪事を働こうとしているのではないかと心配になってきた。

「でも、未来。キミだって仁さんと結構長い時間、一緒にいたでしょう。仁さんがこんな喋り方する人じゃないの知ってるよね」

そりゃ澄香だって、仁のあの艶《つや》のあるバリトンで甘い言葉を囁かれてみたいという願望はある。

しかし、こんな風に甘いのを通り越した過剰な言葉を垂れ流され続けては溺《おぼ》れて窒息《ちっそく》しそうだ。

「だから言ってんじゃん。こいつは仁の影なんだって」

未来は頑《がん》として譲《ゆず》らない。

「カゲオは仁になりかけの影なんだよ。だから、今はまだ似てないところもあるけどしょうがないじゃん。こいつはこいつなりに頑張ってんだよ。俺さあ、ここに来て今日で三日目だけど、カゲオはどんどん仁に近づいてきてると思う」

弟分を庇《かば》うような調子で恐ろしいことを言う。

澄香は先ほど訪れた洞穴の様子を思いだしていた。長い年月、風雨に晒《さら》され、苔むした洞穴には何らかの神秘的な力が宿っていても不思議はない。そう思わせるに足る空気があるのだ。

　澄香はあまり詳しくなかったが、いわゆるパワースポットという場所がこんな感じなのかも知れない。

「今の時点では確かに僕はまだ仁さんに似た偽物に過ぎない。そういう意味では未来の言うことも外れてはいない。だがね、うるわしのなでしこ。僕は必ず仁さんを超えて見せるよ。見ててご覧、必ずや君のハートを撃ち抜いて見せよう」

「えっ？」

　仁に激似の謎の人物による斜め上からの宣戦布告に澄香はのけぞった。

　何がどうしてそうなるのか。

　悪夢なら早く覚めて欲しいと思う。

「君をここにお招きしたのはね。僕がどれほど仁さんに似ているのか確かめたかったからでもあるんだ。どうだい？　君の目には僕は彼のコピーと見えるかい」

　そういう目的があったのかと澄香は少しだけ納得した。

「え、えーと、そうですね、顔は本当によく似ていると思います」

「では君は僕と仁の二人が並んでいたとして見分けることができるかい？」

「それはできます」

　即答してしまった澄香にカゲオは意外そうな顔で目をすがめた。

「髪の色や目の色は補正するが」

違う、そこじゃないと澄香は思う。

だが、これを言葉で説明するのは難しかった。

「何と言いますか、たとえそこがうり二つでもこう、佇まいが違うというか……」

具体的にいうと腰つきだろうかと澄香は考えていた。

とはいえ、そんな言葉を口にする勇気はない。

この男は一言でいうとセクシーの権化《ごんげ》みたいなところがあるのだ。

もちろん仁もセクシーだ。無自覚に垂れ流される色気の暴力に晒されて、暴風に吹き飛ばされてきた屋根瓦《やねがわら》が顔面を直撃したぐらいの衝撃をくらったことも何度かあった。

だが、基本的に仁は自制心が強く、恋愛ハンターの友人諸岡《もろおか》みうに言わせると岩のように硬い武士《ぶし》だそうなので、その色気は押し隠されていることが多い。

ストイックな佇まいから漏れ出す色気の破壊力《はかいりょく》もまた凄《すさ》まじいのだが、それは置いておくとしても、そこに決定的な違いがあるのだ。

そういえば諸岡という女、前職では世界を股《また》にかけており、彼の地で知り合ったラテン男と浮き名を流しもしたのだ。

その際に諸岡がラテン男を評して、自分で自分にオリーブオイルをかけておいしくなって待っている肉だと言っていた気がするが、目の前の男はまさしくそれだった。

「ほう……」

澄香の要領を得ない説明を理解できたのか、カゲオは頷き言った。

「実を言うと僕はね、仁は僕のドッペルゲンガーではないかと疑っている」

「は？　ドッペルゲンガー」

思わず繰り返してしまった。

ドッペルゲンガーとは自分自身の姿を自分が見る幻覚《げんかく》の一種だとか、同じ人物が同時に姿を現したのを第三者が目撃するようなことをいうのではなかっただろうか。

確かに今、後者の状態に近いのかも知れなかった。

「ドッペルゲンガーとは己の自我が分離して実体化したもの、という説を僕は推している。ならば、この御蔭信仰というものはドッペルゲンガーを恣《し》意的に生み出すための装置なのではないかと思うわけだよ」

仁そっくりの声が予言者のような口調で言った。暗がりに揺らめく炎が仁によく似た面《おも》差《ざ》しを深いオレンジ色に染めている。

一瞬、催眠術にかかったようになっていた澄香はあることに気づいてはっとした。

「仁さんがあなたのドッペルゲンガーだと言いました？　逆ではなく？」

男はにっと笑った。

「僕のなでしこ、僕にとっては僕こそが僕。たまたま僕にうり二つの男がいた。これが仁だね。ならば僕からすれば彼こそが影ではないか。ま、未来は逆だと思っているようだが」

　そう言って、小屋の方に目をやる。

　小屋では水道が使えるとのことで、未来が食後の歯磨きに行っていた。

「仁には欠けた部分がある。おお、何と嘆かわしいことだろう。女性への言葉を惜しむなどとは言語道断。いや、分かっている。僕だって知っているのさ、この世の男には二通りある。ロマンスこそ人生、生きる価値だと思う僕。そして、ロマンスに背を向けし哀れな恋愛敗者の諸君。だがね、なでしこの君。この僕と同じ顔で後者に属するなどと、そんな無様なことを僕は決して赦しはしない」

　はっはっはと笑うカゲオの声が闇の中にこだましている。

「あのう、あなたは一体誰なんです？」

「さてね」

　意味ありげな笑みを浮かべるカゲオに、澄香は首を傾げた。

「申し訳ないけど、もし本当にドッペルゲンガーだとするなら、やっぱりあなたの方が影なんだと思います」

「その根拠は？」

「え、だって、昔から仁さん知ってますから。やっぱりあっちが本物です」

「その更に前から僕がいて、ミカゲ様のご利益《りやく》で生み出された影が仁だという可能性だってあると思うが」

そんなことを言いながらもカゲオ自身、法螺《ほら》を吹いているというのか、まったく本気ではなさそうなのだ。

悪夢特有のわけの分からなさと思えば納得できそうだった。

しかし、未来のことを考えると、悪夢の一言で終わらせるわけにもいかない。

「未来は何でこんなことを?」

「自分がもう一人いれば、定められた運命から逃れられると思っているのだろう。痛ましいことだ」

やっぱりそうかと澄香は思った。

未来は劇団の座長の息子で跡取りと目されている。

ずっと幼い頃から一座の名子役として舞台を担《にな》ってきたのだ。

劇団にはかつて未来の母と妹も在籍しており、彼女たちもまた役者だった。

だが、座長である父と折り合いの悪くなった母は未来の妹を連れて実家に帰ってしまった。

母は未来も連れて行こうとしたが、座長がそれを許さなかったのだそうだ。

未来は幼い頃から運命づけられた自分の立場を諦観《ていかん》しているように見えた。

だからこそ、自分とうり二つの影が呼べるなら、もう一つの人生を始める可能性が生まれると思ったのだろう。

「あなたが影じゃないのなら、一刻も早く未来に言ってあげないと残酷だと思う」

澄香の言葉にカゲオは一瞬暗い顔をした。

「そうだな。でも、もう一晩、一晩だけ待って欲しい。明日にはすべてが終わるだろう」

「あーカゲオ、姉ちゃんと距離近すぎ。そいつ女らしくないいいヤツなんだから、あんまりベタベタすんなよ」

小屋から未来が顔を覗かせ言った。

うっ、と澄香は胸を衝《つ》かれる。

女らしくないいいヤツ。

彼にとっての褒《ほ》め言葉であるのは分かっているのだが、なかなかに微妙な気分だ。

「そうは言うがね、マスター未来。僕はロマンスの盗賊、情熱と書いてパッションの狩《かりゅう》人《ど》なのだ。どうだい、君の目にも仁はダメな大人だっただろ？　かような美女と共に時を過ごして何も起きないとはいったい何事だ」

ダメな大人……。

反論しようと思ったが、情熱と書いてパッションの狩人の衝撃が大きすぎて咄嗟《とっさ》に言葉が出て来なかった。

情けない澄香に代わって言ってくれたのは未来だ。

「だからいいんだって。仁はあれでいいし、山田の姉ちゃんもこれでいいの」

「いいや、許せるものか。僕と同じ顔で情熱を失った男などこの世に存在する価値すらない。だから、和の花なでしこ、控えめにして可憐なる我が姫君。今宵、僕はあなたの心を奪う盗人だ。愛のためには罪を犯すことも厭《いと》わない。さあ、僕だけを見ておくれ」

急にパワーアップした感のある言葉に澄香はぽかんと口を開けているのだが、男はお構いなしに澄香の手を握る。

「ジャッジは姫君にお任せしよう。僕と仁、さあどちらを選ぶんだい？　ねえ、なでしこの君。あなたは仁のどこが好きなんだ？　顔かい？　それとも身体？　料理の腕？　それらはみな互角だと思うがどうだい？　同じスペックで同じ見た目、ならば決め手は中身だ。人間、性格がいいに越したことはないと思う。ならば簡単、僕の勝ちだろこの勝負」

畳みかけるように言われ、気圧《けお》されるばかりだった澄香は慌てて言った。

「仁さん、性格悪くないです」

「いいや良くはないね。言葉足らずで女性を不安にさせるなど、男の風上にも置けない」

「いや、それは。そんな……えーと、私のことですか？　だとすれば、いかんのです。私なんかのために仁さんが心を砕くなんてもったいない。あってはならんことなのですよ」

「何を言ってるんだい君は」

カゲオは心底呆れたといった顔だ。

かちゃりと車のロックが外れる音がする。手の中のキーを操作したのだろう。

「ねえ、なでしこの君。本当に。僕ならあなたを不安にさせたりしない。だって僕らには想いを伝える言葉があるんだから。まったくあの仁とかいう朴念仁《ぼくねんじん》。なんたることだろう、僕と同じ顔であのていたらく。君も君だよ。気が長すぎる。いつか自分の欲しい言葉をくれるだろうと待ち続けている間に、気がついたらおばあちゃんになっていたなんて目も当てられないだろ？　命短し恋せよ乙女《おとめ》ってね、先人の美しい言《こと》の葉《は》だが、まさしく真理さ。人間の命は等しく有限なのだから」

「いやぁ、そのですね……」

贅沢《ぜいたく》な言葉にくらくらした。

夜の色が濃い。暮れた空に星が瞬《またた》いている。

それでも暗い山の中で澄香は気恥ずかしくなって一人で頭を掻《か》いている。

「さあ乗って。今夜のところは君に免じて美しき女神の身柄は自覚の足りない馬鹿者の許へお返ししようか」

未来を残していくのが気になったが、未来はカゲオの出した数学の問題を解くのに夢中だ。

明日には決着をつけるというカゲオの言葉を信じることにする。

な景色だ。

来た時と同じで澄香は助手席だ。

拉致同然に運ばれて来た往路とは違い、周囲を見回す余裕もあった。

車の中にはこれといった装飾がない。キャンプの道具同様、機能だけを優先した殺風景な景色だ。

それでも仁と良く似た男の傍らに座っていると、じわじわと感動がこみ上げて来た。

仁の車ではいまだに後部座席なのだ。

この人は違うのだ、仁さんじゃない。

何度も自分に言い聞かせるが、心が弾《はず》むのを止められなかった。

ハンドルを握りカゲオが言う。

「しかし、今夜は未来がいてくれて良かったかも知れないな。さしもの僕も君のような美女を前にしては情熱の炎に歯止めがかからなかったかも知れないからね。どうだい、私のなでしこ。もし君さえ良ければ今からでもどこかへドライブとしゃれこまないかい」

丁重にお断りした。

「でも、あの、そこまで言っていただいてありがとうございます」

お礼を言うのも変なのだが、澄香からすれば、仁の顔から繰り出される華麗な愛の言葉の数々を聞かせてもらうという贅沢な体験をさせてもらったのだ。

オゾンで満ちた森林の中で滝に打たれるみたいに、ロマンスの奔流《ほんりゅう》に頭から浸《つ》かっていたわけである。

さらわれたのは許しがたいのだが、別に何をされたわけでもなし、相手は恋の盗賊なので仕方ないかと考えることにした。

「君は魅力的《みりょくてき》だと思うよ」

小さな声でぽつりと言われて、えっと思う。

その声がとても温かくてつい訊いた。

「あのぅ……どの辺りがでしょうか」

言ってからしまったと思った。

きっとこの人にとっては社交辞令なのに、うっかり本気にしてしまったと赤面する。

車の中には車道を照らす街路灯の光が射し込んでいるが、さほど明るいわけではないのにほっとした。

それにしてもこれは気まずい。

答えようのない質問をしてしまったことを後悔《こうかい》した。

失笑されるかと思ったが、カゲオはふうとため息をついている。

「何故、君はそうも自分を卑下するのだろう」

「え、わ、すみません。そんなつもりもなかったんですけど、何というか、その、私はたとえば、あのプロムの女王とかにはほど遠いタイプでここまで来たもので」

えへへと頭を掻く澄香にカゲオが「オウ」と驚いたような声を上げた。

「男の名誉のために言っておくが、そんなタイプを好む者ばかりではないよ」

「いや、まあそうなんですけど……はは。自分には縁遠い世界の話なので何とも」

さしものカゲオはしきりに首を傾げている。

さしものロマンスの盗賊も返答に困っているようだ。

なんかすみませんと思っていると、彼が言った。

「君はね、嚙めば嚙むほど味の出る、そう、日本が誇る乾物《かんぶつ》、するめのような女性だと僕は思う」

「す、るめ……」

この男、車に乗ってから先ほどまでとテンションが変わっていた。

甘すぎる言葉の奔流は鳴りをひそめ、より深いところを狙い澄ますように装飾の少ない短い言葉に万感《ばんかん》の思いがこもっているような喋り方をするのだ。

その万感の思いをするめにこめられ、澄香は思わず噎《む》せてしまった。

もしや賛辞に隠された巧みな中傷かとも思ったが、カゲオの甘い声の調子は変わらない。

「んん？　するめとはあまり印象の良くない言葉だったのかな」

やはり彼は外国人なのかも知れなかった。

「いや、好きですけど、するめ」

言われた瞬間はショックだったが、考えてみれば、マカロンやイチゴキャンディのような女性と言われたって、とても自分のこととは思えなかっただろう。

そういう意味では、するめというのは何よりも自分にふさわしいような気もしてきた。

「あとはそう、努力を怠らないところ、かな。君の努力は実に好もしい」

「え。いや、そんな……。ってか、なんで知ってるんです？」

でたらめを言っているのだろうと思ったが、仁によく似た彼の横顔は真剣そのものだった。

「目を見れば分かるさ」

最後まで煙に巻かれたような気分だ。

旅館の門前に澄香を残し、カゲオの車が遠ざかっていく。

まるで狐火《きつねび》のようだと思いながら澄香はテールランプの赤い光を眺めていた。

カゲオの車が見えなくなると、急に夢から覚めたみたいな気分になって澄香は慌てた。

何か重大なことを忘れている気がする。

霧《きり》の中で何も見えなかったのが、突然視界が晴れたみたいになったのだ。

「ああ、私。何も連絡してない！」

時計を見るともう十時近い。

山の中は圏外だったにしても、車中から電話を入れるなりできたはずだ。なんでこんなことを忘れてたんだろうと、ひどい焦燥に駆られる。

みんなさぞかし心配しているだろう。

慌てて長いアプローチを駆け上がると駐車スペースの辺りに人影が見えた。

どこからか戻ってきたのか、ちょうど孝と虎之介が車を降りて玄関に向かおうとしているところらしかった。

「あ、あのっ。すみません。私、ご心配をおかけしてしまいまして」

もしかして警察に連絡を、となっているのではないかと焦ったが、声をかける寸前、澄香はあれ？と思った。

二人は別段、心配しているようではない。それどころか楽しげに軽口《かるくち》を叩きあっていた様子なのだ。

澄香を見ると、孝は眼鏡《めがね》の奥で驚いたように目を見開き、傍らの虎之介と顔を見合わせ言った。

「あれ？　山田さん戻られたんですか」

「あ、はい」

「お早いお戻りですね。これじゃまるで中学生の家出レベルじゃないですか」

皮肉《ひにく》交じりの物言いに澄香は事態が飲み込めず、あ、いやぁと奇妙な声を発した。

「まあまあ、良かったじゃん。無事で何より。スミちゃん、お腹空《なか》いてない？　中華あるよ」

　虎之介の陽気な声に何とも言えない違和感を覚える。

「いや、あの、いいです……。ごはんはごちそうになったので」

　それは本当だ。カゲオのおもてなしは仁の作る以上に量が多く、澄香は満腹だった。

「どこで召し上がったのか知りませんけど、ずいぶん気楽なものですねえ」

「え？　いや、それは」

　孝の言い方はずいぶんと刺々《とげとげ》しい。とはいえ何をどう説明すればいいのか、途方に暮れる澄香の顔を覗き込むようにして虎之介が小首を傾げる。

「そっかあ、スミちゃん食べて来ちゃったのかぁ、それは残念。すげえおいしい中華だったんだぜ？　回らないお寿司じゃなかったのは痛恨《つうこん》の極みだけど。誰かさんが中華推しで譲らないんだもんな。仁は仁でさぁ、昼間っからずっと帳場の主《ぬし》みたいにこもって仕事してるからテイクアウトで買ってきたんだよ」

　虎之介は嬉しげにそう言って、料理店の名が入った底の広い紙袋を掲げて見せる。

「そうだ、仁さん。仁さんに挨拶《あいさつ》をしないと」

　どこに向かうのかも分からないまま闇雲に走り出そうとした澄香を止めたのは孝だ。

「いや、やめた方がいいですよ。今、深刻そうなので。ただでさえあなたの気まぐれに苛《いら》立《だ》ってますからね。邪魔しない方がいい。ああ、あなたが無事に戻られたことは伝えておきますから。どうぞ休んで下さい」

気まぐれでどこかへ行っていたことになっているのかと不思議に思ったが、それならばなおのこと事情を説明した方がいいだろうと考えた澄香に、虎之介が首を振る。

「何かよく分からねえけど。仁さあ、一世一代の大勝負らしいわ。今は心乱すべきじゃないんだ。そっとしときなよ」

虎之介らしくもない強い言葉とまなざしに気圧されるように、澄香は言葉を飲み込んだ。

早朝、四時。布団を抜け出した澄香は部屋に備え付けの懐中電灯を手におそるおそる旅館の中を歩いていた。

昨夜は疲れていたのか、すぐに眠ってしまった。それでも、やはり神経が立っていたのだろう。朝早くに目が覚めてしまったのだ。

昨日のことを考えると、どうにも奇妙で落ち着かない。まるで狐につままれたようだ。カゲオの存在はもちろん、本当にあの未来があんな山の中にいたのか——。

四十日間日参すれば自分そっくりの影、ドッペルゲンガーが現れるという御蔭信仰。おどろおどろしい洞穴の姿もあいまってとても現実に起きたこととは思えなかった。

さらに、孝や虎之介の反応も解せない。

ここにいる人々は本当に自分の知る彼らなのかと不安になってきた。

まさかとは思うが、周囲が全部偽物の世界に迷い込んでしまったのではないか、などと荒唐無稽《こうとうむけい》なことを考えてしまう。

昨日は彼らの言葉に従ってしまったが、考えてみればそれも変な話だ。

夢だとすれば腑に落ちるが、それでは自分はいつから寝ていたというのか。昨日の午後からの数時間の空白の説明がつかない。

何よりの証拠は電話だ。後から見た携帯には山ほど留守番電話やメッセージが入っていた。残念ながら仁ではない。そのほとんどが孝からのものだった。

やはり仁だ。急いで仁に会わなければならない。

そう思うといても立ってもいられないのだが、悲しいかな澄香には仁が今どこにいるのか分からなかった。

電話を入れようかとも思ったが、時刻を見るととても無理だ。

孝や虎之介の言う通り、根を詰めて何かの作業をしていたとしたら、今頃疲れて眠っているかも知れない。起こすことになってしまっては大変だ。

虎之介は仁が帳場の主みたいに籠《こ》もっていると言っていた。まさかこの時間にも作業を継続しているとは思えなかったが、とりあえずそちらへ向かってみることにする。

玄関脇のフロントに当たる場所を帳場と呼び、その裏側に事務室があるのだ。

非常灯は灯っているが、ぼんやりと緑に発光しているばかりで、周囲を照らすわけではない。

うっかりすると足もとさえよく見えない中を懐中電灯で照らしながら進む。

自分の呼吸に合わせて、丸い光が揺れて不安を煽《あお》った。

玄関付近は真っ暗だ。人の気配はない。

玄関のガラス越しに見える外の景色が黒い闇のように見えて急に恐ろしくなった澄香は早々に元来た道を引き返した。

やはり仁は休んでいるのだろう。

もう少し後で出直そうと思った時だ。微《かす》かに音が聞こえた。

カシャンと金属の触れあうような音だ。音のする方を見ると、光が漏れている。

厨房《ちゅうぼう》らしかった。

近づいてそっと中を窺ってみると、仁の後ろ姿が見えた。

ほっとして声をかけると、仁がこちらを見た。

仁がいるのはステンレスの厨房機器の向こう側だ。棚の隙間から会釈《えしゃく》する。

「山田か？」

さっと、澄香の頭から足先まで視線を走らせ、仁は頷いた。

「帰って来たんだな」

「あ、はい。あの、すみませんでした。ご心配をおかけしてしまいまして」

そう言いながら澄香は迷っていた。

果たして昨日あったことを仁に報告すべきなのかどうか——。

仁にそっくりの男に拉致され、山の中で仁が先日作った料理と同じものを振る舞われた。しかも、その男は仁の影だと言う。

ああーダメだわこれ、と澄香は首を振る。

一夜明けてみれば自分でも本当にあったことなのかどうか自信を持てないのだ。こんな話をすると、澄香自身の正気を疑われそうだ。

仁はしばらく無言で澄香の顔を見ていたが、再び後ろを向いて作業を始める。

「無事ならいい」

ぶっきらぼうな一言が胸にしみた。

やっぱり、あの口数の多すぎる影は粗悪《そあく》なコピーに過ぎないのだ。

本物の仁さんの方が何倍も素敵《すてき》だわ——。

感動に打ち震えながら、澄香は口を開く。

「あの、仁さん。今日のお料理の仕込みをもう始めるんですか？　私、手伝いますね」

ここへは仁の助手として来たのだ。着替えて来ますと言いかけた澄香を遮《さえぎ》り、仁は感情の伴わない声で言った。

「いや、いい」

「え」

「今日の料理は孝と虎之介に手伝わせる」

ガンと頭を殴《なぐ》られたような気がした。

「なんで……」

助手の座を追われるのかと思った。

何故？　昨日、カゲオにさらわれたから？　いや、違う。

そもそも、澄香はもう『出張料亭・おりおり堂』にとっては不要の人材なのだ。

エリカがいる。

仁にとって澄香は同じ会社の隣の部署の少し親しいぐらいのポジションの同僚《どうりょう》に過ぎないのだった。

足もとの地面が抜けたようだ。

絶望し穴に落ちていくような気分の澄香に仁が言う。

「頼みたいことがある、ついて来てくれ」

「あ、はい」

澄香は自分がショックを受けていることを気取《けど》らせないようつとめて明るい声を出した。

厨房を出て先に立ち歩く仁の後ろをついていきながら、澄香は仁の髪や背中を凝視《ぎょうし》していた。

仁に分からないよう犬みたいに周囲の空気を鼻から吸う。

いい匂いがする。仁の匂いだ。

仁と共に『出張料亭・おりおり堂』で出かけた時も、おりおり堂の厨《くりや》で仕込みをしていた時も、まかないをいただく時もいつも傍にあった、包み込むような優しくてセクシーで、ほわあと叫びたくなるような匂い。

カゲオという謎の人物は確かに仁に似ていた。だが、やはり仁とは違う。匂いが違った。硬質な水みたいによそよそしい感じがするのだ。

やはり自分にとっての仁はこの人だけなのだと思った。

しかし、仁の気持ちはもう自分にはない。

もう？　じゃあ、過去にはあったんだろうかと澄香は暗い廊下を進みながら考えている。

二年近い仁の不在。もうダメかもと思いながら、必ず戻るという仁の言葉だけを頼りにずっと待っていた。

そして戻った仁は銀を使って修復された祖父のマグカップのこれから先の変化を共に見届けて欲しいと言ったのだ。

共に歩くことを許されたと澄香は思った。

だが、それは誤解だったのかも知れない。

仁がエリカと去った時、澄香には仁の影が残るのだろうか。

ドッペルゲンガーだという硬質な水の匂いのする男。

カゲオならば、相手が何を考えているのか分からない、あんなもどかしい思いをしなくて済むのだろうかと考えてもみた。

首を振る。

カゲオは顔も身体も料理の腕も同じなら、性格の良い方がいいと言っていた。

自分なら言葉を惜しまないと、蜜のような甘い言葉をくれる男だ。

彼が何の目的で澄香に接触してきたのか分からないが、それが悪いことでないのなら、本当に澄香をするめのようだと認めてくれるのならば、彼の手を取るのもありなのだろうかと考え、澄香は首を振った。

やはり自分が好きなのは本物の仁なのだ。

暗い館内、さっきはあんなに怖かったのに、仁が近くにいるだけでこんなにも安心できるのに。

せめて、今だけは仁の匂いと後ろ姿をこの目に焼き付けておこうと、澄香は暗闇の中、目をこらしている。

ドッペルゲンガーと弔いの日

朝、時刻は八時半を過ぎたところだ。

孝は旅館の玄関脇のロビーのソファに座り、脚の上に置いたノートパソコンを開き、ネットニュースを眺めていた。

座り心地のいいソファにもたれているとつい眠気に襲われ、ニュースの文字が滑っていく。

休業中の旅館だ。他に客がいるわけでもない。

退屈な静けさにあくびが出た。真上に腕を伸ばしてスーツの身体を捻《ひね》る。

今日はこの旅館にとって運命の一日とでもいうべき日になるはずだ。旅館の存続をかけて相続人であるきょうだいが集まり、話し合いをするのだ。

仁はそこで供する料理を頼まれている。

元仲居であるタケさんに言わせると、『弔いの料理』ということになるらしい。

『弔いの料理』がどのようなものなのか、孝にはさっぱりイメージが湧かなかった。

葬式《そうしき》に出すような料理を作るという意味ならば、精進料理とかだろうかと考えてみるが、しかし、誰かが亡くなったわけでもない。

いや、それとも僧侶《そうりょ》でも呼んできて、法要《ほうよう》でもするつもりなのだろうか？

ああ、それがいいかも知れないな、と孝はペットボトルのキャップを開けて水を飲みながら考える。

とにかくあの開かずの間は尋常ではない。話を聞いただけなら笑い飛ばすところだが、昨日、現実に我が身に起きた異常を体験しているのだ。

何がどうなったのかさっぱり分からないが、あれを思えば呪いや祟りと噂されるのも無理はない。

よく分からないが、祓《はら》ってどうにかなるものならどうにかした方がいいと思う。

僧侶が来るのか、仁がどういう料理を作るつもりなのか、聞いてみたいところだが、まったく話ができていなかった。

孝の知る限り、仁は昨日の午後からずっと帳場裏の事務室に籠もりきりで昨夜は寝ていないようだ。

昨夜、虎之介と二人、食事から戻り、テイクアウトの中華を差し入れた際にも仁は積み上げたノートを読んでいた。

声をかけても生返事が返ってくるばかりで、こんな調子じゃ料理のありかを理解できているのかどうかも怪しいぞと、虎之介と協力して料理を取り分け、ついには箸で摘《つま》んだ料理を口に運ぼうとしたところで、ようやく仁はノートを読む手を止めた。

まったく仕方がないなという渋面を作りつつ、実は内心「あーん」というのをやりたくてうずうずしていたのだが肩透かしを食らった格好だ。

仁がまだ時間がかかりそうだと言うので早々に部屋に引き上げて来たものの、孝は孝で仕事があった。

ここへは休暇《きゅうか》で来ているのだが、そもそも今年は『出張料亭・おりおり堂』に弟子入りするため一ヶ月もの休暇を取ってしまったため、とにかく仕事が滞《とどこお》っている。

男三人は同室にされているので、虎之介が寝るなら邪魔はできないと思ったのだが、正直、あの開かずの間のある旅館内で一人作業をするのも怖い。

虎之介がスマホでゲームか何かに熱中しているのを幸いに、孝は窓辺のいわゆる広縁に置かれたテーブルセットで仕事をすることにした。

東京の部下とウェブで結び、急ぎの報告を聞き、指示を出し、メールを書いて、気がつくと一時を回っていた。

その時間になっても仁はまだ戻らない。心配になったものの、こんな時間に一人で歩くのも怖いので眠そうな虎之介を引きずるようにして様子を見に行ったが、相変わらず仁はノートと格闘《かくとう》していた。

さすがに呆れつつ「それは一体何なんだ？」と訊ねてみたが、仁は生返事をするばかりでろくな答えは返ってこなかったのだ。

明け方に目が覚めたが、やはり仁が部屋に戻った様子はなかった。

六時過ぎだっただろうか、身支度を整え部屋を出ると、ちょうど食材の入った発泡スチロールの箱を運んで戻って来た仁と出くわした。

どうやら徹夜《てつや》でノートを読んでそのまま仕入れに出かけたらしい。

手伝おうかと声をかけると、仁は少し考えるそぶりを見せて、孝に別の仕事を言いつけてきたのだ。


というわけで、孝は今、誰もいないロビーに座っている。

「いいかい？　典ちゃん。他の人が何を言おうと絶対に譲っちゃダメだよ」

「そうよ。私たちは何があったって典子お嬢さんの味方なんですからね」

賑《にぎ》やかな声が近づいてくる。

ガラス戸の向こうに姿を現したのは昨日の夕方に公園の前で出会った元仲居の女性たち三人と、くまのお母さんことビッグママの典子だった。

「おはようございます」

孝はノートパソコンを置いて立ち上がり、彼女らを出迎える。

「あら、孝さん。お早いですね」

典子が驚いたように言った。相変わらず深みがあるというか、頼もしい印象を与える不思議な声だ。

「橘からの申し付けで皆さんを出迎えるよう言われまして」

「皆さんって、私らのことかい？」

菱川さんの野太い声が訊く。

「あ、いや。典子さんのごきょうだいですね。お越しになった人数とアレルギーや好き嫌いの有無を伺うようにと」

きょうだい全員が揃うのは既定としても、同伴者がいる可能性もあるだろう。窓口は典子なのだが、旅館の存続を巡って感情的にこじれているきょうだいもおり、連絡が密にできているとは言い難い状況なのだ。

「何だ、そんなことなら私らがやるよ？　仲居の仕事じゃないか」

菱川さんは糸のように細い目を見開いて、どんと胸を叩き、孝を見上げて言う。

「ははっ、ありがとうございます。でも、私もできれば事前に話し合いに参加するのがどんな人たちなのかを見ておきたいもので」

そう言うと、元仲居たちは、はあ、なるほど、さすが弁護士先生だと納得した様子なので、手伝ってくれる心づもりがあるのなら厨房の仁に指示を仰ぐように言っておいた。

料理以外にも、うつわや部屋の準備などすることは山積みなのだ。

悲しいかな孝や虎之介ではほとんど戦力にならない。彼女たちの手が借りられるのは有り難いことだった。

正直なところ、短いながらも見習いとして仁の助手のようなことをしてきた経験から見るに、今日の料理には不安材料があった。

準備が遅れているように見えるのだ。

いつもの出張料亭に比べると、仁自身にも余裕がないようだった。

通常ならば孝たちの朝食も何か考えてくれそうなものなのに、今朝はそれすらもなかった。そもそも仁自身も何も食べている様子がないのだ。

こんなことは本当に珍しい。というか、見習いと称して仁の周囲をうろうろするようになってから一度もなかったことだ。

この数ヶ月、傍で見ていてよく分かったことだが、仁は決して食をおろそかにしない。それは別に食い意地が張っているというわけではなく、きちんと食事をすることで健康が保たれ、料理についても質の高いパフォーマンスが発揮できるという考えのもとになされているのだろうと孝は理解していた。

言い換えれば、仁の周囲にいる限り、まず食いっぱぐれることはないわけだ。

それが今日に限って朝食を摂る時間さえないというのだから、ただごとではない。

遅れている理由は明白だった。

仁が昨日からずっとかかりきりになっている例のノートだ。

いつもなら仕込みをしているはずの時間にあれに没頭していたせいで時間に余裕がない

のだ。

あれは一体何なのか、気になったので一冊手に取って眺めてみたが、孝にはさほど重要なものとも思えなかった。

どうやら旅館の日誌《にっし》みたいなものらしく、一日一日、その日の客のことや料理の記録が書き付けてある。

仁は文字通り寝食も忘れて夢中になっていたが、孝にはその理由が理解し難かった。

「一体、何をやってるんだ?」

思わず首を傾げる。

ちなみに、朝食について困った孝は虎之介と相談の結果、彼の提案で米を炊き、握り飯にしたものをフライパンで焼き、刷毛《はけ》で醬油《しょうゆ》を塗り、焼きおにぎりにして食べることになった。

虎之介は兄弟子を自認するだけのことはあり、なかなかに手際が良かった。

握り飯を作る手つきさえ覚束《おぼつか》ない孝を尻目に美しい三角おにぎりを量産したし、刷毛で醬油を塗る手つきも手慣れたものだ。

何だか負けた気がしてちょっと悔しかったが、焼きおにぎりは大層美味だった。

ふんわりと絶妙の力加減で握られた米（孝が食べたのは虎之介の作だった）に塩、香ばしい醬油の香り。

猫舌の孝はほこほこと熱い握り飯を口の中で持て余しながらも仁に食べさせる算段をし、ついでに山田がいたのも思いだした。

のんびりしたゾンビのことだ。まだ寝ているに違いないと思ったのだが、電話をするとすぐに出た。どこにいるのかと訊くと、帳場裏の事務室にいるという。

そんなところに入り込んで何をしているのかと不思議に思い、焼きおにぎりを持って様子を見に行くと、今度は山田が例のノートを読んでいた。

「山田さん、あなた、こんなところで油を売っていていいんですか？　助手の仕事を放棄するおつもりですか」

そう言うと、焼きおにぎりをおいしそうにほおばっていた山田は目を丸くし、慌てておにぎりを飲み込み、喉《のど》に詰まらせていた。

「こ、これは仁さんの指示でして」

「ほう？　仁も熱心に読んでいたようですが、それがそんなに重要ですかね」

孝の問いに山田はペットボトルのお茶を飲み、一息ついたところで言ったのだ。

「何というのか、この旅館の記録というか記憶というか……。とにかくとても大事なものだと思います」

この山田の発言に、孝はちょっとイラッとした。

企てた家出を早々に切り上げ、どこかで食事をご馳走《ちそう》になったというのに何食わぬ顔で帰って来た厚かましいゾンビのくせに、何だあれはと思ったのだ。

自分には仁が夢中で読みふけっている日誌のようなものに価値が見いだせなかったせいかも知れない。

昨日、電話を沢山《たくさん》入れたことについても、よもや山田を心配していたのではないかなどと誤解されては困るので、前回の話し合いの様子を聞きたいと言ったのだが、山田の答えはこうだった。

「あー、何でしょうね。半々でした、半々。賛成と反対が半々です。偶数なので決まらないんですよ」

これではさっぱり要領を得ない。

まったくあのゾンビは——、などと考えている孝の目に、敷地内に入って来る白い車が映った。

国産の高級セダンだ。運転席には中年の男が一人。

目の前を横切り、車寄せのカーブに沿ってそのまま駐車場《ちゅうしゃじょう》の方へ向かう。サイドブレーキを引く音がして、バタンとドアが閉まった。

間もなく、男が玄関に向かい歩いてくる。

「ご長男の登場か」

思わず呟く。

長男は強硬な売却推進派だ。

旅館売却を進めようとして『骨董・おりおり堂』に骨董の買い取りを依頼してきた人物である。

というか、ぶっちゃけてしまうと孝がそう仕向けた。

『骨董・おりおり堂』へは相続税の支払期限が迫っているとの話があったようだが、実のところは少し違う。

実際、税金はきょうだいたちが手持ちの預金で仮納付を済ませたとのことだった。

伏田宗一《ふしだそういち》、三十八歳。食品の製造と輸出入を主とする会社を経営している。会社といっても従業員三十人程度の小規模なものだ。

この会社、資金繰りが決して楽ではないようで、新たな商品を開発して販路を拡げたくともそのための設備投資ができない。

現在の財務状況では金融機関も融資を渋らざるを得ないようだ。

彼としては一刻も早く旅館を売却して自分の相続分を受け取りたいという事情があるわけだ。

社長個人の資産を会社に貸し付けるのが経営上良いことか悪いことかはともかく、そのような背景があったのを利用し、孝は宗一の会社に向けて新商品開発のためのパートナー会社を紹介するよう計らったわけである。

孝自身の名はもちろん、気配の一つも表には出ていない。

あくまでも、「許らった」だけなのだ。

紹介したのはきちんとした会社だし、それなりの商機が見込める計画なので、そこは大丈夫だ。宗一にとっても決して悪い話ではないはずだ。

あまり自慢できたことではないのかも知れないが、孝にとってはこんな風に何かを画策することは別段珍しいことではない。

しかし、と孝は神経質そうな痩身《そうしん》の男を見やった。

ここはあくまで目的遂行のための駒《こま》にすぎなかったはずの旅館だ。

しかも、その目的は大規模プロジェクトなどではなく、山田に対するちょっとした嫌がらせだ。

その時限りで孝との関わりは終了してしかるべきだったのだ。

それがこんな風に、まったく異なる方向から孝の前に現れ、仁をも巻き込む形で関わってくるとはどういうことなのか？

昨日の開かずの間も不気味だし、仁の様子もおかしい。

この先、何が起こるか分からない――。

今日一日まったく気が抜けないな、などと考えている孝に、タケさんがお盆に載せたお茶を運んできてくれた。

「なんだあ、まどかちゃん来ないのかい。会えるの楽しみにしてたのにさあ」

「話し合いが終わったら旦那《だんな》がつれてくるよ」

背後で華やいだ声がしたので振り返ると、典子が仲居たちと話しながら、厨房から出てくるところだった。

元仲居たちはそれぞれが持参したらしいエプロンをつけ、腕まくりをしている。売却反対で旅館の再開を願っている彼女たちはこんな形で典子を応援するつもりなのだろう。

お盆を下げに戻ったタケさんが合流したところで典子が本日の流れについて説明し始めた。二十メートルは離れているだろうが、典子の声がよく通るせいで話の中身が丸聞こえだ。

到着順にお茶を出し、自分が合図を出したらコーヒーか紅茶を出すように、お茶菓子はここに食器はこれを、また部屋の準備についても、あなたはこれ、あなたはそちらと、てきぱきと指示している。

「はあ。やっぱりいいよねえ。典子お嬢さんの采配《さいはい》であたしらが動くの、これだって感じがするわあ。あたしもさ、あれから色んな旅館に行ってみたんだけども、他じゃあどうにもしっくり来なくってさ」

背の高いくりくりパーマの仲居が甲高い声で言って、菱川さんが大きく頷く。

「本当だよう。昔がそのまま戻ってきたみたいだ。やっぱり私らは名月館の仲居だよ」

「うははあ。そうなるといいんだけんどねえ」

典子が相変わらずの芝居っけで答える。

「何言ってんだ典ちゃん。弱気になるんじゃないよ。私らみーんな応援してんだよ。そうなるに決まってんじゃないの」

典子の逞しい腕をこれまた丸太のような菱川さんの腕がばしばし叩き、仲居たちはわあっと笑い、盛り上がっている。

チッと忌々《いまいま》しげな舌打ちに振り返ると、玄関で宗一が靴を脱いでいるところだった。

当然、ガラス戸の開く音は聞こえたが、彼の陰険な表情を見ると、わざわざ立ち上がって出迎えに行くのも面倒になって気づかなかったことにしたのだ。

「おはようございます」

「あなたは？」

会釈をすると胡散臭《うさんくさ》いものでも見るように目をすがめて孝を見る。

おもむろに立ち上がり挨拶をしようと口を開きかけたところで菱川さんが飛んできた。

「おはようございます坊ちゃん。お久しぶりでございます。覚えておられますか？　菱川です。菱川伸子《のぶこ》ですよ」

「忘れようにも忘れようがないでしょうが。皆さんお元気そうで何よりです」

ため息交じりに言う。

宗一の視線は油断なく周囲に向けられている。

一見するとやり手の会社社長のようにも見えるが、やはりどこか神経質そうで、ふとした折に気弱そうな表情が覗くのだ。

特にこの仲居たちが苦手なのか、真正面から対峙《たいじ》しないよう身をかわしつつも、精一杯に虚勢《きょせい》を張っている感じだ。

「前回はあんまり急だったもんで、私ら休みが取れなくて来られなかったんですよう。すみませんね。今日はちゃあんと見届けさせてもらいますからね」

「別に来てくれなんて頼んだ覚えはないんだけどね」

そう呟き、残る二人の仲居と共に典子がこちらを見ているのに気づくと宗一は顔を歪《ゆが》めた。

「何だよ典子、援軍でも呼んだつもりか。仲居たちを味方につけてご満悦《まんえつ》とはお前らしいやり方だな」

「何を言うだよ兄さん。今日はお父さんの遺言でこの旅館の弔いをする大事な大事な一日でねえが。この旅館と共に歩んで下さった皆さんにも一部始終を見届けていただくのがスジだと思っただよ」

奇妙なセリフ回しながらも胸を張り、堂々と言ってのける典子に宗一は苦笑した。

「何だ、お前もようやく売却する気になったのか。照れくさいからって芝居をしているわけだな」

「あのう、さしでがましいようですが、売却のために弔いをするとは限らないのではございませんか？」

控えめながらも毅然《きぜん》としたタケさんの言葉に、宗一が驚いたように目を見開く。

「ばあやまで何を言うんだ」

ばあや？　この人がばあやだったのかと驚いている孝にタケさんは上品な仕草で頭を下げた。

「坊ちゃま、お願いです。皆様がどのような選択をされるにしても典子嬢ちゃまの今日の心づくしは旦那様のご遺志に基《もと》づくもの。どうかそのことを忘れないでいらして」

宗一はまたしても舌打ちした。

「分かったよ。ばあやがそう言うんなら心がけるよ」

不満そうな顔をしてはいるが、口調は打って変わって素直《すなお》なものになっている。

何だかしっかり者のばあやにたしなめられる頼りない子供を見ているみたいで孝はおかしくなった。

ごほんと宗一は咳払《せきばら》いをする。ややあって取り繕《つくろ》うように姿勢を正し孝を見た。

「で、こちらの方は？」

「弁護士先生ですよ。今日の話し合いに同席して下さろうってんです」

菱川さんの紹介に苦笑しながら頭を下げる。

「弁護士の橘です」

こんな場合に備えて弁護士とだけ書いた名刺《めいし》を携《たずさ》えている。

この男レベルならば肩書き抜きの孝の名前に反応することもないだろうとの判断だ。

宗一はちらっと名刺を眺め、自分の名刺をくれた。

「ああ、どうも。それじゃ、あなたも典子の依頼で来られたんですか？　それならそうと言っておいてもらわないと、こちら方の弁護士も用意するのがそれこそスジってもんでしょう。これじゃ不公平ですよ。弁護士先生ならよくお分かりだと思うが」

「あー違うんだよ、坊ちゃん。この人はオブザーバーってヤツさ」

割って入る菱川さんに「オブザーバー？」と宗一は眉《まゆ》をひそめた。

孝はおもむろに頷く。

「私は『出張料亭・おりおり堂』の顧問弁護士です。どうやらこの界隈で『出張料亭・こりこり堂』なる偽物が出没しているらしいとの情報を得ましてね。しかるべき手段を講じるべく同行した次第です」

もちろん方便だが、あながち嘘でもない。孝は間髪《かんはつ》を容《い》れず続けた。

「皆さんの話し合いに関してどちらかに肩入れするつもりはありませんので、そこはご心配なく。ただ、ここに私が居合わせたのも何かの縁でしょう。相続というのはとかく厄介《やっかい》なものですし、法的な助言をする者がいても悪くはないのでは？　いかがでしょうか。差し支えなければ立ち会わせていただきたいと思うのですが」

提案の体《てい》を取りながらも譲るつもりは毛頭ない。言葉は丁寧《ていねい》だが押し売りに近いようなものだ。

孝からすれば別に他家の相続なんてどうでもいいし、正直、ややこしい話し合いより厨房で仁の料理を手伝う方が楽しいに決まっている。

しかしながら、『弔いの料理』なるものはこの旅館の去就と無関係ではないだろう。ならば、話し合いの成り行きを把握《はあく》しておいた方がいいと考えたのだ。

宗一は孝の言葉に納得したらしく、よろしくお願いしますと言ってタケさんに案内されて奥へ向かった。

やれやれとソファに腰かけ直したところで、あっと思った。

肝心《かんじん》のアレルギーや食の好みを訊くのを忘れていたのだ。

慌てて後を追うと、厨房に向かう途中《とちゅう》にある部屋の格子戸《こうしど》が開いた。大広間の並びで『あやめ』と書かれている。

どうやら今日の話し合いで使用する部屋らしく、先ほど電気ポットや湯飲みなどを載せたワゴンを菱川さんが押して入っていった。

そこから顔を出したのは仁だ。会場の下見をしていたらしい。

出会い頭にぶつかりかけて、宗一が「おっ」とのけぞって身をかわす。

軽く頭を下げる仁に、宗一は途端に安堵《あんど》したような表情に変わった。

「失礼しました」

「なんだ。ずいぶん早かったんだな」

宗一は自分よりずいぶん高いところにある仁の肩に手を伸ばし、ぽんぽんと叩くようにして親しげに言う。

「ま。よろしく頼むよ」

仁は宗一に合わせる形で頭を下げていたが、少々不審げな顔をしている。

「さあ、坊ちゃまどうぞ」

タケさんに促されて宗一が部屋に入るのを見届けて、孝は仁の顔を見た。

「知り合いか?」

「いや」

一瞬、前回、この旅館で行われた話し合いに『骨董・おりおり堂』が呼ばれた際にでも顔を合わせていたのかとも思ったが、あの時ここを訪れたのは桜子と山田だけだ。

「おっと、肝心のアレルギーを訊いてない。訊いてくる」

仁は「頼む」と言い残すと、慌ただしく厨房の方へ歩いて行った。

宗一にはアレルギーなどはなく、嫌いな食べ物はなまこだそうだ。その程度の好き嫌いは典子経由で既に情報が入って来ているはずだが、一応メモしておく。

宗一は部屋から出て来て、大広間を覗いたり、廊下の壁や天井を見上げたりしながらぶらぶらと歩いている。

雑巾《ぞうきん》を手にした菱川さんがこっそり耳打ちしてきた情報によれば、彼は大学生の時に家を出て、それきり寄りつかなくなってしまったのだという。

「どうだい、弁護士先生。おかしいと思わないかい？　これだけの旅館なんだよ。普通は長男が跡を継ぐと思うだろ？　ところが坊ちゃんはこの旅館が大嫌いと来た」

そういうことなら宗一は今、自分の生家である旅館を懐かしく思いながら見ているというわけではなく、売るために検分をしているのかも知れない。

それにしても、と孝は内心考えている。

今日の話し合いは十時スタートだということだが、あの男はずいぶん早くに来たものだ。

宗一は東京から来たらしい。

早朝から車を飛ばして来たのかと思ったら、ここから少し離れたホテルに前泊していたという。

生家が旅館なのによそのホテルに宿泊するというのも何だか奇妙な気がするが、現在のところこの旅館を管理しているのは典子だ。彼としても色々と思うところがあるのだろう。

九時を回って、ようやく二人目が姿を見せた。

次男らしい。

スーツを着込んだ長男宗一とはずいぶん雰囲気《ふんいき》が違い、トレーナーにマウンテンパーカというカジュアルを絵に描いたような服装にリュックを背負っている。

中肉中背で目鼻立ちが小さく、表情も喋り方も誠実を絵に描いたような人物だ。

またしても隙を見てやってきた菱川さんの情報によると、彼の名は優次《ゆうじ》、二十八歳だそうだ。ということは長男とは十歳近く年が離れていることになる。

職業は「ごく普通のサラリーマン」ということで、長男宗一がどこか虚勢を張っている印象なのに対し、素直というか自然体というか、よくも悪くも目立つところのない男だった。

「優ちゃんはさあ、名前の通りに優しい子なんだよう。子供の頃から典ちゃんをお姉さんというよりはお母さんみたいに慕ってたね」ということらしい。

彼と長女の典子が売却反対派らしいのだが、典子はともかくとして、長男宗一が声高に主張すれば、大した抵抗もせず言いくるめられてしまいそうな頼りない印象の男である。

後は次女が来るはずなのだが、それきり誰もやって来ない。

ついには約束の十時を回ってしまった。

「どうなってるんだ。茂斗子《もとこ》はまだ来ないのか」

宗一が苛々した声で言いながら廊下に出てきた。

「電話をしてみようか」

宗一の背後から顔を覗かせた優次がスマホを操作しだしたところで外から爆音《ばくおん》が聞こえてきた。

ガラスが震えるほどの大音量のビートに、ブオンブオンと重たいエンジン音。

やがて派手な車が姿を見せる。車種はミニバンのはずなのだが、かなりいかつい。カスタマイズのせいもあり好戦的な装甲車《そうこうしゃ》のように見える。高級車ではあるのだが非常に残念な印象で、別の意味で威圧感があった。

「ひゃあ来たよ、問題児が」

菱川さんが肩をすくめながら通り過ぎていく。

ガラガラとガラス戸が開き、一昔前のギャルのような女が入って来た。

「あーもう、やんなっちゃう。こんな朝早くに人を呼びつけんなっての。まーた、ここで靴脱げってか。あー面倒くせぇ。今日の服はヒール十センチないとバランス崩れちゃうんですけど」

カナリアイエローのひらひらしたミニスカートに白いライダースジャケットを羽織っている。

金に近い茶のロングヘアをぐるぐるとカールさせ、ピアスだのブレスレットだのと、ごてごてした派手な装飾付きだ。

化粧も濃すぎる。まつげなどバサバサだ。

孝はソファから立ち上がる気力をなくした。

「ま、いいじゃん。どうせいるのはお前のきょうだいだけだろ？　な、うまいこと話まとめてさ、こんなお化け屋敷とっとと売っぱらっちまおうぜ」

あからさまなことを放言したのはこれまたちゃらい見た目の男だった。

高級ブランドのロゴがデカデカとプリントされたパーカと別のブランドのマークの入ったシャツを合わせ、茂斗子に負けない程のアクセサリーを付けている。

「えー絶対ムリ。あたしはお姉ちゃんに口じゃ勝てないんだって。マサ君頑張って丸め込んじゃって」

「おー。そのために来たんじゃねえか」

本日、初めての同伴者つきだ。

早速仕事をしなければならないところだが、いやーんとか言いながらいちゃついているごてごてしたカップルに声をかけるのは非常に気が重い。

どうしたものかと思っていると、宗一が大きな咳払いをしながら玄関に向かって来た。

「茂斗子、今何時だと思ってる。とっくにみんな揃ってお前を待ってるんだぞ」

「えー十分遅れただけじゃん。兄貴うるさすぎ。あたしのお客さんがいるんだけど？　ちよっと失礼なんじゃない」

「お客ってその男のことか？　君は誰だ」

「ども」

頭を下げるというより軽く振っただけの男に宗一は眉間《みけん》に皺《しわ》を寄せた。

「今日は身内だけの話し合いでね。悪いが部外者は遠慮してもらいたい」

男は茂斗子の腰を引き寄せ、耳許で何か囁き、二人で宗一を見ながらにやにや笑っている。

傍から見ていても大変感じが悪かった。

「オレ、茂斗子の婚約者なんで。身内じゃないすか、お義兄《にい》さん」

「何だと。そんな話は聞いてないぞ。本当なのか？　茂斗子」

「本当だよ。ってか、なんでいちいちお兄ちゃんにお伺い立てなきゃなんないのよ」

菱川さんの話によれば茂斗子は三十一歳。定職に就かず、家から持ち出した金で遊び歩いていたらしい。

しかし、先代が亡くなり、資産の多くが凍結《とうけつ》されてしまったため、自由になるお金が底をつき、最近では典子に無心に来ているそうだ。

婚約者だという男はどう見ても二十代。顔立ちは悪くないものの、チャラい見た目とどこかふてぶてしい態度が不穏だ。

「ってかさー、お義兄さんさあ。オレらはこの旅館売るのに賛成っすからね。あんたの味方っスよ味方」

「何でもいいから早くしろ」

宗一は忌々しげに舌打ちして踵《きびす》を返す。

孝としては非常に気が重かったが、役目を果たさなければならない。

「あーと、失礼。弁護士の橘です」

孝が名乗ると男はにやにやをひっこめ、警戒心をあらわにした。顔を近づけ、目を見開いて脅《おど》すように睨んでくるのだ。

「へエ、弁護士サン？」

これで圧力をかけているつもりらしい。

安っぽい脅しに動揺する孝ではないが、ひたすら面倒くさい。普段ならば極力お近づきにならないようにするところだが、そうもいかなかった。

「私は本日の料理を承《うけたまわ》った『出張料亭・おりおり堂』の顧問弁護士です。今日は別件でここへ来ました。オブザーバーとして話し合いにも参加させてもらうつもりですが、まずはあなた方の食の好みについて教えていただきたい」

「あ。オレ、野菜大っきらいなんで、野菜抜きで頼んますわ」

男の返答に孝はげんなりした。

「それはさすがに……。アレルギーとかでないなら我慢してもらえないか」

「はア？　出張料亭だか何だか知らねえけどよ、わざわざ偉い弁護士サンがリクエスト聞きに来てんだろ？　アンタだってガキの使いで来たわけじゃねえんだろうよ。客が嫌いだってものよけて作るのがどれほどの手間だってんだよ、え、弁護士サンよ」

恫喝《どうかつ》するような大声だ。

おそらく仁に言えば彼の要望も通るのだろうが、こんな男のために仁に余計な負担をかけたくはない。

「今日はこの旅館の『弔いの料理』をとの依頼でね。いわば儀式の料理だ。根幹を揺るがすような変更には応じられない。そもそも別に無理して会食に加わることもないだろう？君の分だけ出前でも取って別に食べたらいいんじゃないのか」

「何だよそれ。お客様をないがしろにしちゃっていいのかなあ。名月館さんって遠くからはるばるやって来たお客にそんな仕打ちをしちゃうわけ？　はあ？　いやぁ、ねえわ。客商売の風上にもおけねえっつの。そんなんだから潰《つぶ》れんだろうなあ」

孝は内心腹を立てていたが、無表情を保っていた。

自分の裁量でどうにかしていいのなら、断固退場願うところである。しかし、今日の依頼主はこの旅館だし、自分は仁の配下という立場だ。

どうしたものかと考えていると、茂斗子が孝に訊いた。

「あのさー今日の料理って和食なんだよね？」

「ま、そうでしょうね」

「ほらあ、マサ君、絶対に苦手っしょ。後でイタリアンでも食べに行くことにしない？ね。食べれそうなものだけ摘《つま》んでさ、ちょっとの間我慢してよ。ここであんまりごねて話し合いが不利になっても損じゃん」

「は？　マジかよお前。みんなが食ってるのにオレだけ指くわえて見てろってのかよ」

婚約者相手に凄《すご》むように言う。

どうもこの男、茂斗子に対してもモラハラ傾向があるようだ。

茂斗子は慌てて機嫌を取るような猫なで声を出した。

「早く話を終わらせちゃおうよ。ね。何でもマサ君の好きなものご馳走するからさ」

「わーったよ。その代わり高い店で奢《おご》ってもらうからな」

男は不満げな顔でぶちぶち文句を言っていたが、どうにかあやめの間に向かい話し合いの場に落ち着いたようだ。

やれやれと思いながら、厨房の仁に連絡を済ませる。

一応、マサの野菜の件についても報告しておいたが、仁も彼に対して特別食を作るつもりはないようだった。

あやめの間に戻ると、話し合いは既にヒートアップしていた。

「だから言ってるだろ。建物は手を入れないと傷むばかりなんだ。こんなボロい旅館でも買ってやろうっていう人がいる間に売っぱらうのが賢明なんだよ」

大声を出しているのは長男宗一だ。

「だけど兄さん、典子姉さんはずっと手入れをしてくれているよ。そこに感謝はないの？」

頭ごなしに怒鳴りつけるような兄に怯《ひる》むこともなく、淡々とした口調で次男の優次が言う。大人しそうに見えたが、意外と言うべきことを言うタイプなのかも知れない。

「感謝も何も典子が好きでやってることだろうが。ま、そりゃやるだろうな。典子はあわよくばここを相続して自分が旅館を続けようと思ってるんだから」

「おらが掃除をするのは、何もおらがここを相続してえからではねえ。おらはここまで続いた名月館が朽ち果てて行く様を見たくねえだけだ」

厚みのある典子の声だ。「日本昔話」に出てくる村人みたいな喋り方なのに、妙に説得力があって、気がつくとうっかり感動させられている。

しかし、宗一は動じる様子もなく畳みかけた。

「ならばなおさらだ。哀れな姿を晒す前に有効活用してもらえる方がいいだろう。考えてもみろよ、ここがある限り、いつまで経っても俺たちは縛られたままなんだよ。思い切って売ってしまおう。そしたらみんな新たな道で再スタートできるだろ」

「そうだぜぇ、典子義姉《ねえ》さん。すっきりしちゃいなよ」

茂斗子の婚約者のマサがなれなれしく典子に呼びかけ、皆が戸惑っている。

語尾にハートがついているような甘ったるい呼びかけに対し典子は顔のパーツを真ん中に寄せて、思い切り不愉快《ふゆかい》そうにしかめて見せた。

「おめさ誰だ」

猿《さる》でも叱《しか》るような調子にマサという男が口を開いたままぽかんとした顔をしている。同じ部屋に控えている仲居たちも含め、居合わせた全員が噴きだした。

「な……」

マサも茂斗子も何か言おうと口を開きかけたが、すかさず宗一がかぶせるように言う。

「なあ典子。そりゃ俺だってお前の気持ちも分からんでもない。だがな、こういうことは思い切りも必要だ。いつかは売らなきゃならないのなら少しでも条件のいい間に売ってしまうのが賢明だろ」

「いつか売らなきゃならないって、それはこのまま廃業する場合だよね。でも、売らずに営業再開という選択肢もあるんじゃないの。なんで兄さんは最初からそこを否定するんだよ」

優次の言葉に宗一が舌打ちした。

「できるわけがないだろう。お前は旅館経営の厳しさを分かってないんだ」

「それは兄さんも同じだよね。この中で経営に携わったといえるのは典子姉さんだけなんだから」

「んだ、んだぁ」と典子が大きく頷いている。

「典子、その芝居がかった喋り方を止《や》めてくれないか。気が抜ける」

典子は、ほぉん？　と首を傾げた。大きな身体で飄々《ひょうひょう》としてはいるが黙っていてもすごい存在感があった。

どうにも食えない女だと孝は感心しながら思う。その証拠にさっきからマサが口を挟もうとして何か言いかけても典子の声量にかき消されて存在感をなくしているのだ。

「ここを手放してしまったら、私たちの思い出はどうなるのかな？」

しんみりした口調で典子が言った。

これが本来の喋り方なのだろうか。芝居の台詞みたいな物言いになれてしまったせいなのか、普通に喋られると物足りなさを感じるのだが、しかしこれはこれで妙に心にしみた。とにかく彼女の語り口や言葉の間《ま》みたいなものが絶妙なのだ。

「思い出って、そんなものは心に残しておけばいいだろ。建物がなけりゃ思い出が消えてしまうってものじゃないはずだ」

宗一が感傷を破り捨てるように言う。

典子の目がすうっと細められ、唇《くちびる》が弧《こ》を描いた。

ギョッとして二度見してしまうほど、彼女の面立ちが変化しているのだ。

「それでも」

今度は喉を絞るみたいに悲痛な声を上げる。

「私は母さんや拓三《たくぞう》の思い出を守りたいの」

拓三？　新たな登場人物に孝は首を傾げたが、はっと周囲を見回すと仲居を含めた全員が肩を落とし暗い表情を見せていた。

例外は孝と同じようにきょとんとしているマサだけだ。

うっかりマサと目が合ってしまった。

この発言にはよほどの威力があったようで、全員が黙り込んでしまっている。

拓三？　拓三って誰だ？　少なくともここにはいない。きょうだいは四人のはずだし、飼い犬の名前とかなのだろうか？

不意の沈黙にとまどい、孝は腕組みをした。

あやめの間は宿泊用の部屋ではない。

十五畳程度の広さに大きな長テーブルが置かれている。

テーブルを囲んで十人程度が着席できそうだ。向かいの席との距離がそれなりに遠いので、紛糾《ふんきゅう》しそうな話し合いにはぴったりだといえた。

今はお茶しか出ていないが、かなりの量の料理や装飾などを並べることができるだろう。

会議はもちろん、和洋折衷のレトロモダンといった落ち着いたデザインの内装なので、ちょっとした食事会や少人数の顔合わせなどにも使えそうだなどと眺めてみる。

このテーブルを囲んで格子の引き戸から遠い順に宗一、その隣に茂斗子とマサ。宗一の向かいに典子、その隣に優次が座っている。

賛成派と反対派がテーブルを挟んで睨み合っている構図だ。

孝は部屋の最奥、テーブルの短い辺に座っていた。

議長席というか、いわゆるお誕生日席だ。

忙しく立ち働いていた元仲居たちも話し合いが気になるのだろう。孝の右手に椅子を並べ、三人揃って腰かけている。

話し合いを記録しようというのか、菱川さんの手にはメモがあったが、今はひょっとこみたいに唇を尖らせてメモ用紙を弄《もてあそ》んでいた。

孝も何となくノートパソコンとタブレットを持って来てしまったが、今さらそれらを開くのもわざとらしい気がして気が引ける。

もちろん記録を取るつもりなどなかった。正直、ここの旅館を売ろうが売るまいが、孝にとってはどうでも良いのだ。

早く話を終わらせて解放されたかった。

ごほんと咳払いをし、ようやく気を取り直したように宗一が湯飲みの蓋を取り、ぐいと呷《あお》って茶托《ちゃたく》に戻して言う。

「さっき経営の話が出たが、典子だって、経営に関しては素人《しろうと》だろう。父さんの手伝いをしていたのと、改めて再開するんじゃ大違いだ。経営者として言わせてもらうが、売上げの高い時点で引き継いだならまだいいだろう。それがどうだ。看板なしのゼロスタートでも厳しいってのに、今のウチはマイナスだぞ。第一、時代が違う。今の時代に以前のままの旅館経営なんて成り立つわけがないんだ」

拓三とやらの話はなかったことにしたようだ。

「マイナスってこともないんじゃないかな。もし典子姉さんが名月館を再興するってんなら、僕も手伝うし、SNSをうまく使うとか以前に利用して下さったお客様に案内を出すとかいくらでも方法はあると思うけど」

「あーダメだダメだ」

優次の言葉を宗一が大声で遮る。

「お前みたいなサラリーマン経験しかないヤツには分からん。経営を舐《な》めるな。そんな簡単なものじゃないんだぞ。SNSは知らんが、以前のお客はもう戻らないと思って間違いない」

「それはなンでだ？」

典子が訊いた。再び昔話というか方言混じりの口調に戻っている。

「分からないのか？　それとも見て見ぬフリをしてるだけか。そうだな。お前は見て見ぬフリをするのが得意だもんな」

挑発的な態度の宗一に向け、典子がじろりと視線を向ける。

「ここは祖父《じい》さんが作り、父さんが大きくした旅館だ。一番の魅力は何だったと思う？」

「小さいながらも心さこもったおもてなしだ」

典子が胸を張った。

「心のこもったおもてなしか。フンッ。そんな旅館は日本中に掃《は》いて捨てるほどあるだろう。豊かな自然も魅力的？　それはそうかも知れんが、それだけじゃわざわざ名月館を選んで泊まりに行こうとはならんよ。料理だ料理。ウチは抜きん出た料理があったからこそリピーター客を獲得できてたんだよ」

そうだったのかと孝は内心感心していた。

考えてみれば仁に今日の『弔いの料理』を依頼したのは先代、つまり彼らの父だ。

仁を選んで依頼するあたり、腕の確かな料理人だったのだろうと納得した。

「ひええ、たンまげたなあ。宗一さんば早くに家出て東京さ行ったはずなのに、ようぐ見てるもんだべなあ」

「離れていればこそ客観的に見えるものだってあるんだ」

学芸会の劇に出てくる村人Aよろしく面白おかしい喋り方の典子と、どこまでも真面目《まじめ》腐った宗一の固い語り口だ。

聞いた感じまったく嚙み合っていないのに、ちゃんと会話になっているのがちょっとおかしい。

「もちろん、名月館を再稼働《さいかどう》するならちゃんとした料理人を雇うつもりだよ。それで十分なんじゃないのか」

「そういうことじゃない」

優次の言葉を即座に否定し、宗一ははっと顔色を変えた。

「お前たち、まさかそこまで話ができてるんじゃないだろうな。そんなこと絶対に許されんぞ」

典子と優次が顔を見合わせる。

「そりゃするさ。典子姉さんと僕はこの旅館を売らない方向で兄さんたちを説得しなきゃならないんだから。旅館継続の青写真を作るのは当たり前じゃないか」

宗一は天井を仰ぎ、ハッと息を吐いた。

「絶対にダメだ。お前らが何と言おうとここは売る」

「何を言う。おめ、横暴でねえが」

「典子姉たちこそ横暴じゃん。今日だって勝手に料理人を呼んで何かするんでしょう？その人を新しい板前にしようって魂胆《こんたん》ならあたしは食事をしないからね」

珍しく茂斗子が実のあることを言ったと思ったらずいぶんと斜め方向の発言だ。

新しい板前？　仁のことを言っているのか──。

　思わず孝は立ち上がった。

「あいにくですが、ウチの橘のことならば考え違いも甚《はなは》だしい。ウチの橘は渡せませんよ」

　皆の注目が集まる。

「え、は？」と動揺を見せたのは優次だ。

「そうなんですか？　父がこの旅館のために料理を作ってもらうように依頼していたと聞いたので、てっきり後継者になってもらえるものだとばかり」

　典子は何も言わなかったがその目が同意見だと物語っている。

　孝は唖然《あぜん》とした。

「とんでもない。橘には自分の店がありますので」

　実際には橘グループの総帥になるべく画策しているところなのだが、本人にさえ言っていないその目論見《もくろみ》をここで披露《ひろう》するわけにもいかない。

「ほら見ろ、お前たちの計画なんてその程度だろ。もう諦《あきら》めろ」

　宗一の口調が論《さと》すようなものに変わる。

「いや、才能のある料理人なんて探せばいくらだっているだろ。問題はそこじゃないと思うよ。僕と姉さんに続ける意思さえあればどうにでもなると思うけど」

怒りに任せてテーブルを叩く宗一と優次が睨み合っている。

「馬鹿を言うなっ」

その時だ。

「ほう？」とどこからか声が聞こえた。

一瞬、仁の声かと思ったが、仁には絶対にあり得ない、どこかからかうような調子が含まれている。

コンコンと軽快なノックの音と共に、格子戸が開く。

「才能のある料理人？　それは僕のことだろうかね」

孝は思わず腰を浮かせた。

そこにいたのは黒衣の人物だったからだ。

冗談ではなく、その人物は頭部を含めた全身を黒いマントで覆っている。

頭には頭巾《ずきん》。アニメやゲームに出てくる魔道士さながらのいでたちだ。

「なんだお前」

不気味な姿に思わず言うと、うっふふふと不気味な笑い声が聞こえ、黒衣の人物は頭巾を取った。

現れた顔面に絶句する。

「な……。仁？」

ぱっと見た感じは仁だった。

頭が混乱する。

しかし、何がどうなったって仁はこんな喋り方をしないだろう。ついでに仁がこんな中二病みたいな扮装《ふんそう》をするはずもなかった。

「そうか、分かったぞ。お前が仁の偽物だな。こりこり堂とか言ってるヤツだろう。おりおり堂を騙《かた》る不届き者め」

詰め寄る孝に、黒衣の男は嬉しそうに笑いながらホールドアップの形に手を上げた。

「おやおや。これはこれはご挨拶な。あなた、ワタシに何か大きな誤解、されているようだ」

言葉を区切って言いながらばさりと布を翻《ひるがえ》し、男が身に纏《まと》う黒衣を取った。

現れた姿に息を呑む。

背後の女性たちからも声が漏れた。

黒衣の下、男は中世の貴族のような服装だったからだ。

襟元に派手なフリルのついたブラウス。オリーブ色の長いジャケットには裾《すそ》まで金の糸で華やかな刺繍《ししゅう》が施《ほどこ》されている。

髪は茶色に近く、少しグレーがかった不思議な色で、ウエーブがかかっている。それが軽く額《ひたい》に垂れているのだ。

その意味では仁とまったく似ていないともいえる。

普通であれば誰がどうやったってコスプレにしか見えないだろうに、この装束は恐ろしく男に似合っていた。

「僕はそちらの宗一氏の依頼でここに来たさすらいの料理人、橘カゲオと申す者。皆々様にはどうぞお見知りおきを。さて、あなた今おっしゃった、こりこり堂？　はてねえ、聞いたこともないが」

頭が痛くなった。

この男もまた芝居がかった奇妙な喋り方をする。一人称が変わるのに合わせて演じている人格が変化しているような印象だ。

「橘……。まさか本当にその名じゃないだろうな」

厚かましくも橘の名を名乗るつもりかこの野郎と思ったが、偽物どころかあまりにも仁にそっくりで正直なところ孝も内心動揺している。

「宗一さん、これは一体どういうことです？」

宗一を振り返り言うと、彼もまた全身から戸惑いが溢《あふ》れ出ている状態だった。

「え。どうって……。いや、だから典子たちが料理人を雇って何かするって言うから、じゃあこっちも独自に料理人を用意しようかと。そんなことでマウント取られちゃ堪《たま》らないだろう。何か仕掛けをされても不愉快だし。危機管理だ危機管理。こっちの料理はこっちが雇った料理人に作らせることにしたんだよ。別にそれぐらい構わないだろう」

カゲオの衝撃的な登場に宗一も狼狽《うろた》えた様子でやたら喋る。

しかし、と宗一は続けた。

「弁護士さん。あなたも妙なことを言うな。さっき厨房の前でこの男と会ったでしょうが」

カゲオはと見れば、仁そっくりの顔で、しかし仁がまったく見せない甘ったるい微笑を浮かべている。

こんなヤツを仁と混同しないで欲しいものだと孝は憤《いきどお》りを覚え、つい語気が鋭《するど》くなった
「朝、廊下で顔を合わせたことをおっしゃってるなら、あれがおたくの先代から依頼を受けて料理を作りに来た橘仁です。ここにいる人物とは違いますが」

宗一は目を丸くしている。

「そんじゃ、この人、厨房にいたイケメンの料理人さんと別人ってことなのかい？」

話し合いの間は大人しくしていた菱川さんが頓狂《とんきょう》な声を出す。

「いやあ、びっくりだよ。こんなことってあんのかい。そっくりどころかうり二つじゃないか。こんなイケメンが二人もいるなんて、世の中どうなってんだい」

仲居たちは興奮を隠せぬ様子で口々に驚きを表現している。

「あなたが料理を依頼したのはこっちの男で間違いないんですね」

念を押す孝に宗一は頷いた。

「ああ。聞けば元はヨーロッパのどこかの国の宮廷料理人だったというし。実際に国際的な証明書みたいなものを見せてもらったものだから。報酬《ほうしゅう》も成功報酬でいいと言うし、渡りに船だと思ったんだが……」

孝は呆れた。怪しさの大安売りじゃないかと思ったのだ。

「兄さんといえども勝手な手出しは無用だんべ。今日の料理はおらがおりおり堂さんに頼んだんだ。この人には申し訳ないだども、父さんの依頼を受けてなさるあっちの橘さんに頼むのがスジってもんじゃねえのか」

「それはそうかも知れないが、こんな話し合いの場でお前たちの息のかかった人間の料理を素直に口にできると思うのか？　警戒するのは当たり前だろう」

「ちょっと失礼。うちの橘が食事に細工をするとおっしゃってるんですか？　毒の一つも盛ると？　それは聞き捨てなりませんね。いや、うちの橘だけではない。すべての料理人に対する侮辱《ぶじょく》なのでは？」

孝の言葉に宗一は困った顔をした。

「い、いや、そういうわけではないんです。料理人さんを侮辱するつもりはまったくないんだが、こちらにも意地があるんでね。そのタイミングでうまいことこちらの人が現れたもんだから」

　事情が分からないのだろう、茂斗子や優次はぽかんとしている。みなが口々に何か言い始め、収拾がつかなくなってきた。

「なるほど」

　カゲオが頷く。

「要するに料理人が二人もいる。しかも片方は先代からの正規の依頼を受けている。かたや僕は名も知れぬさすらいの料理人。招かれざる客というわけか」

「その通りだ。君がうちの橘に害をなさないと言うのなら、このままお引き取り願おうか」

「弁護士殿。僕の雇い主はあなたではなくあちらの宗一氏だと申し上げたはずだが」

　顔を近づけからかうように言われ、孝はかっとなった。

　思わず睨みつけると、相手はにやにや笑っている。仁と同じ顔で何てことをしてくれるんだと理不尽な怒りがこみ上げた。

　宗一は宗一で、典子に小突かれ、仲居たちに囲まれ目を泳がせている。

「では僕から提案をしましょう。よろしいかなおのおの方」

　いたずらっぽく人差し指を顔の前に立ててカゲオが言った。大袈裟な物言いに思わせぶりな表情。魔道士というよりはサーカスの奇術師みたいだ。

「かたや出張料理人、かたや宮廷料理人。聞けば彼は僕と同じ顔だとか。そんな二人が本日この場に揃ったのも何かの縁。そう、これぞまさしく天の配剤だ。さあ、そこで提案しよう。花の料理人競演の宴なるものはいかがだろうか。僕と仁が東西それぞれの陣営を代表し、皆さんの話し合いに料理対決で花を添えるのさ」

ふざけた男だ。彼らは単に遺産分割を巡って意見が二分されているだけで何も東西に分かれているわけではないし、話し合いに花を添えるとは何事だと孝は呆れた。

「料理対決だと？　料理は人と比べるようなものじゃないはずだぞ」

よく知らないが、仁ならばきっとこう言うはずだ、多分。

言ってから気恥ずかしくなった孝だが、相手はもっとオーバーに返してきた。

「おおうっマーベラス！　まさしくその通りだな弁護士先生。はあ素晴らしきかなこの世界。人生はいつだって驚きに満ちている。さすがは武士の精神の息づく日本。料理にも精神性が要求されるということだろうか。ならばよろしい。僕は仁に教えを乞おうじゃないか。僕等がそれを競うのではなく、食べた人がジャッジを下すのだ。どうだい先生。それなら料理道に背くものではないだろう」

いやいや何の話だよと思ったが、宗一はそれがいいなと頷いているし、仲居たちは二人のイケメンが同じ顔で並ぶところを見てみたいとキャッキャしている。

典子と優次は何やらひそひそ話していたが、料理人候補が増えるならそれに越したことはないという結論に達したらしかった。

「もう何でもいいよ。早くしろや」

品のないマサの声に促され、宗一が「とりあえずこの人を厨房に案内しよう」と言い出した。

カゲオなる男の顔を落ち着いてよく見れば、とてもよく似ているもののやはり仁とは別人だ。

R国の宮廷料理人。百歩譲ってそれが本当だったとしても、彼の言動は詐欺師《さぎし》としか思えない。

大体、なんでこんなタイミングで仁と同じ顔をした男が現れるのか。

しかも、同じ料理人。偶然にしては出来すぎだ。

仁にこんな怪しい男を近づけるのは危険だ。強い危機感を覚えた。

仁はただの料理人ではないのだ。

孝としては、仁に橘グループに戻って総帥の座について欲しいという悲願があった。

つまり、非公式ながら、というか、とりあえず孝の予定では、仁は世界に冠《かん》たる橘グループの承継者なのだ。

こんな得体の知れない奇術師だか魔道士だかの脅威の前にほいほいと晒すわけにはいかない。

厨房では虎之介が仁を手伝っているはずだが、俺もそっちで見張るべきか、などと考えながらも、ぞろぞろと全員厨房に向かうことになった。

何も全員でいく必要はないのだが、皆がそっくりだという男二人を並べて見てみたいと言うのだ。

特に仲居たちは大興奮で、両脇に同じ顔のイケメンを置いて記念写真を撮るだの何だのとはしゃいでいる。

「おぉ君が仁さんか。なるほどこいつは驚いた。我ながら鏡を見るようだ。これは実にマーベラス。世の奇跡というのはあるものだ。どうやら僕は君の影らしい。まあ、そんなわけでよろしく頼むよ、橘仁」

厨についていて中を覗くやいなや、孝の耳許で派手な声を上げ、ずかずかと遠慮なく仁に向かい握手を求めにいったのはカゲオだ。

名前のわりに底抜けに明るく、よく通る屈託ない声は本当に舞台俳優のようだ。

さらには仁そっくりの面立ちに、仁が決して見せない満面の笑み。

ラテン芸人のようなカゲオに迫られ、仁は一瞬、身を引いた。

もっともである。

しかし、さすがは我らが仁だ。

その程度では動じず、少し首を傾げただけですぐに元の無表情になって言う。

「何か用か？」

「くうーっ痺《しび》れるねえ、三十年ぶりに生き別れの双子の兄弟に会ったというのに、ずいぶん冷たいじゃないか」

「おい、いい加減なことを言うな。誰が双子の兄弟だ。仁の出生に双子の記録はない」

調べさせている途中ではあるがこんなヤツが双子では大変不本意なので孝は断言した。

孝の制止にカゲオはやれやれと肩をすくめた。

悲しみを表したり、喜びを表したり、この男はとにかく表情豊かすぎて顔がうるさい。

元々顔がいいので情報過多なのだ。

そう考えると、仁は無表情ぐらいで丁度いいのかも知れないという気もする。

「実際はどうあれ、僕と仁は魂の双子だと言ったまでさ。今日の佳《よ》き日に、我々は因縁の料理対決を申しつかった。手加減はしまい。さあ、いざ勝負だ仁」

「料理対決？」

仁が眉根を寄せる。

さすがは仁、そうだ。ふざけたイベントに巻き込まれる必要などないのだと思ったが、
ラテン芸人は怯まなかった。

「どちらがよりこの旅館の弔いにふさわしい料理を作れるかをジャッジしていただこうというものさ」

「ふうん、そうなのか」

カゲオは早速厨房機器の扉を開けたり、床に置かれた段ボール箱を覗いたりしている。

「ところで仁、僕にも食材を分けてくれるだろう？　さしもの宮廷料理人も材料がなければ何も作れはしないのだ」

は？　と思った。

「おい貴様、何、寝ぼけたことを言ってるんだ。料理対決を挑むなら自分の食材ぐらいは自分で用意してくるものだろうが」

孝の苦言にもカゲオはどこ吹く風で、なれなれしく仁の肩を抱いて言った。

「いいじゃないか。なあ、兄弟」

「勝手に兄弟を名乗るな。兄弟はお前じゃないの。俺」

などと言いつつ仁からカゲオを引きはがしていると、周囲のギャラリーたちが目に入った。

相続人きょうだいたちに仲居連、ついでにマサも、厨の外の廊下から怖いものでも見るように中を覗き込んでいる。

孝はおや？　と思った。仲居たちの反応が気になる。

さっきまであんなにはしゃいでいたのに、今は三人ともが青い顔で、こわごわといった様子で時折こちらを見ながら、ひそひそと何か言い合っているのだ。

「どうされました？　写真は撮らなくていいんですか」

多分目は笑っていないと思うが一応笑みを浮かべて彼女たちの前に立ちはだかると、菱川さんがヒエッと声を上げた。

その反応の不躾《ぶしつけ》さに孝の表情が険しくなったのを見て取ったのか、タケさんが慌てて首をふる。

「いえ、お二人があんまりそっくりなものですから、何だか怖くなってしまって」

「そうなんだよう。やっぱり不吉だよ」

菱川さんが情けない声を上げ、ふるふると逞しい腕を震わせた。

「不吉？　それはどういう意味です」

孝の問いを遮るようにしてくりくりパーマの元仲居が声をひそめ、厨の二人を見やりながら言う。

「ねえ、あれってやっぱりミカゲ様ですよね。怖いわ、ああまでそっくりなんて。本当にこんなことってあるんですか。もう、ねえ。怖いわあ」

「ミカゲ様？」

仁はと振り返ると、これが驚いたことにカゲオと談笑していた。

「ああ、弁護士先生はやっぱりご存じないんだね。あんた、あの料理人さんの顧問弁護士なんだろ？　気をつけてやんなよ。お宅の料理人さんが影に取って食われたなんて、そんなことになっちゃあ悔やんでも悔やみきれないんだからね」

菱川さんはすっかり怯えた様子でそんなことを言う。

理解不能の言葉に孝は他の二人を見回すが、彼女らもまた恐ろしそうな心配そうな、何とも言えない表情を見せている。

「典子お嬢さん」

タケさんの呼びかけに典子がこちらを向いた。典子の顔もまた青い。

菱川さんが典子に縋《すが》るようにして言った。

「典ちゃん。ミカゲ様の話してあげとくれよ。今ならまだ間に合うだろ？　この先生のところの親方さんに万が一のことでもあったら大変だ。あたしらだって寝覚めが悪いじゃないか」

「ミカゲ様？　何の話？」

優次の声に宗一や茂斗子も困ったように顔を見合わせている。

「仕方がありませんね。よその方にお話しするのは本来禁じられているのですが」

そう言うと典子はすーと息を吐き、低い声で語り出す。

話の内容はこのようなものだった。

ここから見える山の中腹に御蔭洞穴と呼ばれる天然の洞穴がある。

そこに古代から祀られている信仰対象があるのだそうだ。

「信仰対象？」

　思わず孝は聞き返した。

「神なのか、それとも他の何かなのか、あまりにも古くから言い伝えられているがために誰にも分からないのでございます」

「ちょっと待って、そんな話初耳なんだけど」

　典子のただならぬ雰囲気に、優次は戸惑いを隠せない様子だ。

「ミカゲ様は吉凶どちらの未来をももたらす存在。軽々しく話すことではないのですよ」

「え、でも、兄さんも姉さんも茂斗ちゃんもみんな知ってたってことだよね。なんで僕だけ知らないわけ？」

「満ち足りたお方はのぅ、ミカゲ様を頼ろうとはせんものじゃ。おとっつぁんも兄も姉もみぃんな、お前がそげな苦労をせんですむよう守ってきた。だから、お前は知らんでいいのじゃ」

「おいおい、黙って聞いてりゃふざけてんじゃねえぞ。何だよミカゲ様って。んなもん聞いたこともねえわ」

　ガラの悪い大声で傍らの茂斗子を威嚇するようにマサが言う。

「ごめんねマサ君。でも、ミカゲ様はミカゲ様だから、ちょっと……」

　茂斗子は申し訳なさそうに言葉を濁した。

異様な空気を察したのか、マサは振り上げた拳《こぶし》の持って行き場を失ったみたいに、一人で悪態をついている。

「古い信仰って、具体的にそのミカゲ様とはどのようなものなんですか？」

「それは私にはよく分かりませんが、ミカゲ様は願いを叶えて下さる存在として昔よりこの地域におわします」

誰の口からもそれ以上のことは出て来ない。

孝は訊いた。

「さっき、影がうちの橘を取って食うとか何とかふざけた話を聞いた気がしますが、一体何事なんですそれは。悪霊《あくりょう》か何かなんですか？」

典子が深いため息をつき、おもむろに口を開く。

「御蔭信仰とはすなわち影を招くものなのでございます。四十日間、日参し、強く願うことで人はおのれの影を喚《よ》ぶ」

一瞬、意味が分からなかったが、どうやらカゲオは仁の影だと言っているようだ。

揃いも揃っていい大人たちが馬鹿じゃないのかと思ったが、この地域に古くから伝わる伝承だというのなら頭から否定することもできない。

異論を差し挟むのは止めて典子の話を最後まで聞くことにした。

厨の前でたむろしながらこんな話をしているというのに、聞こえているのかいないのか仁の手際を覗いているらしいカゲオは時折、マーベラス！　と声を上げている。

いい気なものだ。

「仮に影喚びに成功したとしても最初のうちは形を持たぬ幽鬼《ゆうき》のごときもの。喚んだ当人の気力が途切れればそのうちにあぶくのように消えてなくなってしまうばかりなのです」

影というよりは一種の降霊術みたいなものなのだろうかなどと考えてもみるが、どうもよく分からない。

典子は続けた。

「影をこの世に留めておくには強く強く求め続ける必要があるのです。それはそれは過酷なもの。時に我が身を削《けず》り、我が身の血肉を差し出すことで実体化させていくのです」

何とも邪教じみてきた。

「影とはすなわちこの世に生まれたばかりの赤子のようなもの。赤子が育ちゆくために必要なのは乳か、それともあやすための遊具でしょうか。いいえ違う。親の愛情、人の手。赤子を人として慈《いつく》しめば人へと育つが、犬畜生や奴隷のように扱えば人にはならぬもの。影も同じ。周囲が影を元になった人物そのものとして扱えば、いつしか影はその濃さを増し、本歌《ほんか》よりも本歌らしくなるのです」

「大丈夫ですよ。俺はあんなラテン芸人と仁を混同したりしません」

思わず真剣に答えてしまい、自分は何を言っているんだと思った。

典子は俯《うつむ》いてくすっと笑う。その声に余韻《よいん》があって廊下にたゆたう。不気味なのだがとても心惹かれる不思議な感覚だった。

「影は元は無であり、この世に喚ばれた直後にはおかしなところが沢山あるのだとか。ある意味、出来損ないの影法師みたいなものじゃ。それが周囲の接し方次第でどんどん人間らしくなっていくのだから可愛らしい」

「失礼ちょっといいですか？　一体誰がそんなことを望むというんです？」

他の人間ならばどうでもいいが、これは仁の話である。可愛らしいなどと喜んでいる場合ではない。

「さあ、それは？　本人のこともあらば周囲の誰ぞのこともあろうの」

仁は仁だ。影なんていてたまるかと思ったが、孝は口をつぐみ、先を促す。

典子は続けた。

「影は自我が薄いゆえ他者が悪意で支配することも容易。江戸の世には影を歪めて悪鬼を作り上げ、人々を襲い殺戮《さつりく》に至らしめたこともあったという。ゆえに祟りを起こさせぬよう早めに本歌の中に吸収させせねばならぬ」

「おいぃ、いい加減にしろよ。何の話だ。さっきから何言ってんだよ。オレは茂斗子の付き添いで相続の話し合いに来たんだ。つまんねえこと言ってんなら帰るぞ」

うっかり怖いと口にしてしまったらしいマサが慌てて虚勢を張る。

「なら帰れば？」

　ぴしりと言ったのは優次だ。

「すみませんけどちょっと黙っててもらえますか。姉さん、話を続けて」

　マサは真っ赤になり、そのままふて腐れてどこかへ行ってしまったが、茂斗子も含め追う者はない。

「影の本能というのは、ただただおのれの元となった人物を慕うもの」

　言われて厨の中に目をやれば、器材の使い方でも訊ねているのか、カゲオが仁にまとわりつくようにして笑っている。

「本能で本歌を求め、探し歩いて辿り着く。恋しさのあまりやがては自ら成り代わることを望むのじゃ」

「え？」

　それは聞き捨てならない。

「影と本歌が出会う時、誰も予期したこともない悲劇が起こるだろう。影が本歌を飲み下すのか、本歌が競り勝ち影を殺すのか」

　いやいやちょい待ち。なんだそれ。このくまのお母さん、怖いんだけど。

　誰か取り締まれよと思っていると、その典子がにたりと笑った。

「どうじゃ小童《こわっぱ》。それでもなお、うぬは影を望むのか？」

え、誰のことだよ、まさか俺か？　と思いながら典子の視線を追うと、廊下を曲がったところから子供がひょっこり顔を出した。

小学生ぐらいだろうか。気の強そうな目をしているなという印象だ。

「え、どちらのお子さんですか？」

「さあ？」

きょうだいの誰かが連れてきた子供かと思ったが、みな顔を見合わせて首を振る。

「仁」

少年の声に仁がこちらを向いた。

大人たちの間をすり抜けるようにして仁に向かって走っていく。

「未来⁉　なんでこんなとこにいるんだ」

泣くのを我慢しているような、怒りに駆られているような何とも言えない表情で仁の顔を見上げている少年に、あっはっはと笑ったのはカゲオだ。

「驚かせてしまったかな。一人で置いておくのも心配だったものだから勝手ながら同行させてもらった次第だ。マスター未来、彼は見届けたいのさ。僕とあんた、どっちが勝つのか、どっちが本物の橘仁になるのかをさ」

「何だそれは」

仁が呆れたように言う。

まったくだと孝は思った。仁にさっきの怪談話が聞こえていたのかどうか分からなかったが、真横でカゲオがしきりに話しかけていたので恐らく聞こえていないだろう。

「なあ、違うよな？　カゲオは仁を乗っ取ったりしないよな？」

少年はカゲオに言う。

「仁もカゲオも二人とも仁になるんだよな？　どっちも消えたりしないよな」

仁からすれば藪《やぶ》から棒に何の話だというようなものだろうが、仁は少年の必死な訴えを無下にしたりはしなかった。

「分かった未来、これから俺は料理を作る。優劣をつける必要があるとは思わないが、どうやらそういうことらしい。だから少し待っててくれるか？」

「いいねえ、さすがは僕の本歌だな。いい男じゃないか。それじゃあ勝負といきますか」

中世貴族のジャケットを脱いで未来という名の少年に持たせ、ビラビラしたフリルの袖《そで》を苦心して腕まくりしているカゲオに孝は慌てて言った。

「おいちょっと待て。何かよく分からないが悲劇が起こるとか何とか言ってたぞ。馬鹿話を鵜呑みにするわけじゃないが、万に一つも仁を危険に晒すわけにはいかない」

「おやおや、心配性だな弁護士先生は。そん時はそん時だよ。人生なるようにしかなりゃしない。心配しなさんな」

そう言って、尻を叩かれた。

「おい、何をする。仁と同じ顔で下品な真似をするな」

「まあまあいいじゃないか。さあ、ここから先は料理人の世界だ。ほら、外に出た出た。約束しよう、大事な本歌だ。仁に危害を加えたりしないさ」

「そうだ。お前は相続の話に戻ってくれ」

仁に言われ、そういえばその話の途中だったなと思いだした。

あまりのことにすっかりけし飛んでいた。

それでも未練《みれん》がましく佇んでいる孝に、カゲオが笑う。

「やれやれこれじゃまるで忠実な番犬だな。そんなに仁が心配かい。それじゃあ忠犬君を安心させるようなことを言ってやろう」

男は催眠術にでもかけるみたいに、孝の顔の前に指を一本立てた。

「いいかい。橘仁はこれから表の料理を作るんだ。僕は裏を任された。今から二人で最高の弔い料理を生み出してみせようではないか」

「何だと？　対決じゃなかったのか？」

仁によく似た男はふふっと指先を自分の唇に近づけ、内緒だよというような仕草をする。

「だから、表と裏で対決するんだよ」

仁の顔を見ると、苦笑している。

「なんか知らんけど、俺もいる。この怪しい道化師なら、変なことをしないように俺が監《かん》視《し》してるから行ってきなよ橘グループ」

棚の陰からひょっこり顔を出した虎之介が言う。

後ろ髪を引かれながらも、孝は話し合いの場に戻ることにした。

夢見の鳥

帳場裏の事務室を借りて、澄香はノートを拡げていた。

先ほどまで仁が座っていた場所だ。

この旅館が営業を停止してもう三年近くが経つそうだが、この事務室は在りし日のまま時間が止まったようだった。

事務室には予約や経理作業で使っていたのだろう書類や備品がそのまま残っている。

仁が営む『出張料亭・おりおり堂』には料理日記があった。

日誌というべきだろうか。澄香が助手として採用される前からあるものだ。

その日の出張料亭について、天候から出張先、お客様の名前や関係、そしてもちろん作った料理の内容を記してある。

仁は毎日、出張料亭から戻ると、『骨董・おりおり堂』の店先や奥の厨のテーブルでこれを書いていた。

単なる記録ではない。

これがあれば、たとえばリピーターのお客様があった時など、前回の料理がこれだったから、今度はあれをお出ししようとか、前回に喜んでいただけた料理の傾向からお好みを推し量るためにも使えるし、会話内容やその時の空気感まで思い出すこともできるのだ。

仁は時折、彼の祖父から譲り受けた琥珀《こはく》色のマグカップに香り高いコーヒーを満たし、ノートを見ながら微笑んでいた。

きっと、そこに書かれたそれぞれの出張について思い返しているのだろうと澄香は思っていた。

優しい表情で思いを馳《は》せているのが分かるからだ。

そんな時、澄香は声をかけずに隣でそっと静かに仁を見守ってきた。

あの時間、本当に自分は好きだったなと、愛おしく感じている。

そんなことを思いだしたのは、今、この旅館の料理日記ともいうべきものを読んでいるからだ。

事務机の上には前の壁にかけられたホワイトボードが隠れる高さまで積み上げられた膨《ぼう》大《だい》な量の大学ノートがあった。

早朝、仁は澄香をここへ案内し、ノートを示して言ったのだ。

「ここにあるのはこの旅館の料理の記録だ。先々代からの記録がある」

ぱらぱらとめくって見ると、予約の人数、部屋ごとの料理内容、好き嫌いなどが書かれている。

「わあ、やっぱりどこでもこんな感じのものをつけるんですね」

「そうだな」

仁はどこか疲れた表情で頷いた。

「あの、これを？」

片付けておけと言われるのかと思ったが、仁は何かを考えるようなそぶりをして手近な一冊を示して見せる。

「色の違う付箋《ふせん》をつけてある。そのページだけでいいから読んで欲しい」

「あ、はい」

頷きはしたものの、合計するとかなりの枚数の付箋が貼られている。さっと目を通して終わりとはいきそうになかった。

それでどうするのだろうかと思い仁を見ると、仁は何か考えこんでいる様子だ。

積んであるノートを確認すると、表紙に日付が書かれている。仁はそれを順番に並べてくれていた。

もっと古い日付のものもあるのだが、付箋のついたもので一番古いのは昭和五十年代のものだった。

付箋に色分けがされているようなので何か意味があるのかと同じ付箋を辿ってみると、どうやら同じ利用客に関する記録を追ったものらしい。

「山田」

声をかけられ読みかけていた日記から目を上げると、至近距離で目があった。

「ひゃい」

突然だったので噛んでしまった。

「今日作る料理の内容をまだ伝えてなかったな。今日、こちらの先代から依頼されているのはこの旅館を弔うための料理だ」

「とむらう？　え、それって売却が決まったってことですか？」

澄香は前回、桜子のお供で相続人のきょうだいたちの話し合いに同席している。

売りたいというのは骨董のうつわだったのだが、それも含めて旅館を形作るものだと典子は譲らなかった。

旅館本体も含めて売却が決定事項だと言われて呼ばれたはずなのに、それは長男と次女の意向に過ぎず、残る半分のきょうだいたちは旅館を継続するつもりだということだった。

話は平行線のまま膠着《こうちゃく》してしまい、見かねた桜子がもう少し話し合うように言い渡して中座したのだ。

「そうと決まったわけじゃない。ただ、先代が俺に依頼したのが弔いの料理だったから誠心誠意作ろうと思う。それだけだ」

「あ、なるほど」

自分の口から出た答えに澄香は絶望した。

仁がこんなことを言うのは珍しい。

通常『出張料亭・おりおり堂』で料理を作る場合、依頼があった時点でお客様の状況を聞く。

何かの記念日であるならそれにふさわしいものを、日常の食卓を飾るものならそれをと、予算や相手の希望をふまえて、もっとも適した料理を仁が考えていくのだ。

そんな時の仁はいつも自信に満ちている。

傲慢だとか独善的だとかいうのではなくて、何があっても自分がどうにかするから安心して任せてほしい、とでもいうようなうつわの大きさを感じさせるのだ。

仁に任せておけば何も心配はない。

ずっとそう思って後ろをついてきた。

けれど、今日の仁はいつもと違った。

どこか切羽詰まっているように感じられたのだ。

その上で言った言葉だ。まるで自分を鼓舞《こぶ》するみたいだという気がした。

それに対する自分の返事がこれなのだから本当に情けない。

ちゃんとした大人の女なら、こんな時に気の利いた言葉をかけるはずだと思うのだ。

「さすがね仁」とか、「素晴らしい考えだわ」「あなたを信じている。大丈夫よ、あなたが決めたことだもの」などと言えればいいのだろうか。

しかし、そんなことができるのはカースト上位だとかプロムの女王だとかの特別な女たちだけだ。

残念ながら澄香は根本的に彼女たちとは違う生き物だった。するめなのだ。何をどうすればそんなことができるのかさっぱり分からない。

内心焦るが、言葉は何も出て来なかった。

感動が深ければ深いほど語彙力《ごいりょく》がしぼみ、色気もなければ愛想もない返答しかできなくなるのはいつものことなのだ。

「じゃあ頼んだ」

そう言い残して仁が立ち去る。

ああ、待ってー、何か、何か一言でもいいから言わせてくれーと思ったが、仁は踵を返し、ご丁寧に事務室の扉を閉めて行ってしまった。

鼻先で扉を閉められたわけである。

澄香はへっと声を出した。

そらそうやんなーと虎之介に倣《なら》って一人、怪しい関西弁を呟く。

こんな返答しかできないゾンビより、どう見たってカースト最上位の妖艶《ようえん》な美人ピアニストの方がいいに決まっているではないか。

昨夜、仁とよく似た男はこんなゾンビを相手に甘ったるい言葉を大盤振《おおばんぶ》る舞いしていたが、あの人は仁のドッペルゲンガーなのだ。人間になる前なので色々と勘違いをしているのだろうと思った。

「まあいいや」

せめて自分は仁に頼まれたことをきちんとこなそうと、澄香は付箋のついたノートを順に読み始める。

六十年近い期間にこの旅館を訪れた顧客たちの歴史と、彼らをもてなした料理の記録だ。これを読み解いていくのは意外と楽しい作業だった。

この旅館の料理の基本は懐石だが、時代によって食材や料理法、全体の量などが少しずつ変化しているのが見て取れるのだ。

途中、親切にも孝が焼きおにぎりを届けてくれた。

何か嫌みを言われたような気もするが、焼きおにぎりに罪はないのでありがたくいただいて作業に戻る。

一家族分を読み終えたところで、映画を一本分観終えたような気分になった。

この旅館を贔屓《ひいき》にし、記念日の度に訪れる家族たちの歴史が詰まっていたからだ。

感動の余韻に浸りながらノートを閉じて脇に避《よ》ける。

と、大学ノートの中に一冊の雑誌が交じっているのに気づいた。

シンプルで丁寧な生活スタイルを提案するジャンルの雑誌だ。

何気なく手に取ると、そこにも付箋が貼ってあった。

「あれ？　この本ってもしかして……」

ぱらぱらと捲《めく》ると、美しい写真入りで秋の恵みの果実やきのこなどの保存食作りのページがあり、山裾の素敵なお家で暮らすおしゃれな女性が紹介されている。ため息が出るような本だった。

実は澄香はこの雑誌のこの号を見たことがある。『出張料亭・おりおり堂』に宛てて送られて来たのだ。送り主の名は池沢可夏子《いけざわかなこ》。

新進気鋭のエッセイストだ。

彼女のエッセイに自分たちが登場すると聞いて澄香は喜んだが、その時、仁は京都《きょうと》におり、雑誌を転送できる状況ではなかった。

確か掲載については桜子が連絡していたはずだが、仁が読んだのかどうかは分からない。その記事がここにあるのは何故だろう？

不思議に思ったが、付箋がついているからには何かの意味があるのかも知れない。澄香は改めてこのエッセイを読んでみることにした。

『冬瓜《とうがん》』　　池沢可夏子

「立派な冬瓜ですね」

思いがけない男の言葉に、私は動揺していた。いやなものを見つけられてしまったと思ったのだ。


去年の秋のこと、激しい雨の夕方だった。

その日、落雷《らくらい》による信号故障《こしょう》や大雨の影響で、首都圏を中心に大規模な交通障害が発生した。

出かけようとしていた私は家の最寄り駅で立ち尽くしていた。

最寄り駅は郊外にあるターミナルだ。近くに学校や研究所なども多く、運行再開を待つ人や駅員に詰め寄る人でコンコースはごった返している。

「困りましたねー」

話しかけて来たのは隣にいた若い女だった。といっても三十は超えていそうだが、私から見れば十分若い。

言葉とは裏腹に彼女は妙に嬉しげだった。

「ええ、本当ですね」などと曖昧《あいまい》な返事をしたものの、正直なところ私には交通機関のマヒなどどうでも良かった。

出かけようと思って来たのは確かだが、もうとっくに諦めている。

どうせ大した用ではなかった。夫の会社がノー残業デーか何かで早く引けるため、気分転換に食事にでも行かないかと誘われていたのだ。

今さら夫と向かい合って食事をしても何も面白いことはない。

早く帰宅《きたく》する彼のための食事を用意する手間を考えれば、幾分マシかと思った程度のことだった。

その頃の私は何をするにも気が乗らず、家から外に出るだけで相当の努力を要した。

メイクをして髪を整え、服を選ぶ。それだけの作業に、嫌気が差すのだ。

思うように動かせないのは身体だけではなかった。考えるのも億劫《おっくう》で、何をするにも今までの数倍時間がかかった。

その内に出かけること自体が面倒になり、結局予定をキャンセルしてしまうことも珍しくはなかったのだ。

前年の秋、私は二十五年勤めた会社を早期退職することになった。

それを仕方のないことだと頭では割り切っていた。

リストラされたわけではない。業績の悪化は事実だが、私は鉈《なた》をふるう側の立場だった。

だが、まさにそのタイミングで婦人科系の病気が見つかったのだ。

手術をすれば完治する病ではあったが、思いがけず予後が悪く、入院が長引いてしまった。さらにホルモンバランスの乱れが原因なのか、早く一線に復帰せねばと焦れば焦るほど、身体のあちこちに不具合が生じる。

それまで、どれほど無理をしても何ともなかったのに、肝心の時に言うことを聞かない。まるで自分自身に裏切られたような気がしていた。

会社に余裕がある時ならば休職して療養することも可能だったかも知れない。しかし、経営の合理化、スリム化を推し進め、指揮を執って来たのはほかでもない私だ。もはや自ら会社を去るほかに選ぶ道はなかった。

夫の和浩《かずひろ》は茫洋《ぼうよう》とした男だ。

「しばらく家でゆっくりするといいよ。君はこれまでが頑張りすぎだったんだから」

「そうね……」

優しげな言葉に頷きながらも、腹の中で、やり場のない怒りがじくじくとうごめくような気がした。

夫は闘争心や競争とは無縁の人間だ。のんびりと草を食《は》む羊か何かのように日々が過ぎていく。そのことに疑問を感じない人種なのだ。

当然、出世にも興味がなく、かといって打ち込むような趣味があるわけでもない。趣味らしい趣味といえば読書ぐらいのもの。およそ彼が、がむしゃらに何かに取り組む姿を見た記憶がなかった。

こんな男に何を言っても、私の悔しさは理解できまいと思ったのだ。

駅で隣合った女には連れがいた。かさばる荷物の番を女に任せ、タクシー乗り場の様子を見に行っていたようだ。

戻って来た相手に、女は飛び上がらんばかりの嬉しそうな顔をした。

「どうでした？　仁さん。タクシー乗れそうですか？」

「いや、ダメだな。あんな調子じゃ何時間かかるか……」

低く響く、いい声だわと思う。

さりげなく男に目をやり、私は思わず息を呑んだ。

驚くほど魅力的な青年だった。セクシーで野性味に溢れ、それでいてどこか影がある。女であれば誰もが惹き付けられずにはいられない種類の男だった。

彼らの話を聞くともなしに聞いているうち事情が見えて来た。

彼らは顧客の家に出張して料理を作る料理人らしい。仕事でこの街に来たものの、交通のマヒで思いがけず足止めを食ったようだ。

いつもは車で移動するのを相手先の事情で電車利用にしたのが裏目に出たものらしい。

もっとも、この後は予定が入っていないようで、どこかのんきで、このイレギュラーなできごとを楽しんでいる風もある。

「仁さんと一緒なら、私は野宿でも構いませんよ」

冗談なのか本気なのか、そんなことを言って笑う女を見ている内に、邪魔をしてやろうかなどと意地の悪い思いが頭をもたげた。

「あの。もし良かったら、うちでお料理を作っていただけませんか？　お疲れだとは思いますけど……雨宿りがてらにでも」

すんなりと言葉が出たことに驚く。と同時にびっくりしたような彼らの顔を見て、後悔した。いくら何でもこれでは唐突《とうとつ》すぎるかと思ったのだ。

だが、正直なところ私はもう彼らの力を借りなければ、ここから動けそうになかった。このまま、いつまでも立ち尽くしてしまいそうで怖かったのだ。


とりあえず二人にお茶を出したところで、携帯が鳴った。夫の和浩からだ。

こちら方面へ向かう同僚の車に便乗して帰って来るという。どの道もかなり渋滞しているので時間はかかるが、必ず帰るという連絡だ。

さて、どうしようと思った。

彼らのことを夫には知らせていない。

結婚当初は互いの友人を招くこともあったものの、最近は私の余裕がないせいで、もう何年も来客がなかった。夫婦二人だけで暮らす家なのだ。

退職してから、私はここで眠ったように暮らしている。窓を開けて空気を入れ換えるほどの気力もなく、沼の底に沈んだ澱《おり》のようにただじっとしているのだ。

夫は驚くだろう。

開かれた客間などではない。キッチンは家の中でももっともプライベートな空間の一つだ。

夫の留守に、美しく魅力的な青年を招き入れる。後ろめたいような、どきどきするような、妙な気分だった。

もちろん、青年とどうこうしようなどと考えたわけではない。彼が一人ならば誘いはしなかっただろう。

だが、見知らぬ男を家に上げることで、この澱《よど》んだ沼のような空気が一気に攪拌されるのを期待する気持ちもどこかにあった。

和浩と結婚したのは十年前、私が三十八歳の時だった。

和浩は学生時代の友人だ。

私が卒業した当時、四大卒女子の就職《しゅうしょく》は今では考えられないほど条件が悪かった。雇《こ》用《よう》機会均等法はあったものの、依然として男女差別が当たり前のように存在し、女子は結婚するまでの腰掛けか、仕事に人生のすべてを捧げる覚悟をアピールしてポジションを勝ち取るかのどちらかを選ばざるを得なかったのだ。

後者を選んだ私には結婚という選択肢はなかった。その時点で、出世街道から外れてしまうことを意味したからだ。

ただただ、がむしゃらに働くことで、道を切り拓《ひら》いて来た感がある。

だが、四十近くなり、ふと周囲を見まわしてみると、自分より下の世代は仕事も結婚も当然のように両立させている。

自分だけが割を食ったような、妙なむなしさを感じた。

いや、本当は……、いつしか私は考えるようになっていた。

もっともっと卑小《ひしょう》でつまらないプライドのせいかも知れない。

どれほど仕事ができようとも、独身でいる女を劣った存在、何かが欠けた人間だと決めつける人種が存在するのだ。

もちろん、その分仕事で成果を出しているのだからと、気にしないようにして来たが、私に出し抜かれた男たち、叱責《しっせき》した部下たちが「おーこわいこわい」「やっぱり独身の女はギスギスしてるよなあ」などと陰口を叩くのを聞くと、言いようのない腹立ちを覚えた。

自分が男ならば、そのような中傷をされることはあるまい。

努力で克服《こくふく》できない部分を揶揄《やゆ》されることは、私にとって耐《た》えがたい屈辱だった。

この連中は、もし私が突然結婚したら、次は何と悪口を言うのだろうか？悔しそうに口をつぐむ彼らの姿を想像すると、妙に愉快な気分になった。

とはいえ、結婚となると事はそう簡単ではない。恋人と付き合うのとはわけが違うのだ。生涯《しょうがい》を共にする覚悟をしなければならないのだから、誰でもいいというわけにはいかなかった。

第一、相手にも選ぶ権利はある。婚活をするにあたって、三十代後半の女が有利であるはずもなかった。

その時、ふと和浩が傍にいることに気づいた。生来の執着心のなさが原因なのか、彼もまだ独身だったのだ。

他の男友達がすべて社会生活を送るうえでライバルであったのに比べ、闘争心のない穏やかな彼は一緒にいるのが苦にならない数少ない相手だった。

実際に結婚してみると、彼との暮らしは驚くほど、楽だった。

彼もまた一人暮らしが長く、家事を分担することも厭わなかったし、私に余計な干渉《かんしょう》もして来ない。

それまでの一人暮らしとほとんど何も変わらない。同居人が一人増えただけのような生活に私は拍子抜けしてしまった。

これを愛とは呼ばないだろう。

だが、一人そそくさと済ませる食事の味気なさを考えれば、話をする相手がいるだけでずいぶん豊かな気分になった。

けれど、思い返せば一方的に自分が愚痴《ぐち》って来ただけの気もする。仕事の話を夫はいつも、さも感心したように聞いてくれたからだ。


「ああ。でも、困ったわ」

言葉とは裏腹に私は弾む心を抑えきれずに言った。

「材料を何も用意していないのよ。今日は外食の予定だったものだから」

買い物に行こうにも外は激しい雷雨だ。バス停から家まで歩いた数分の間に、傘をさしていたはずの三人ともがかなり濡《ぬ》れてしまったのだ。再び外に出ることを考えるだけで億劫だ。

私はできるだけ余分な食材を買い込まないようにしていた。

夫婦二人だけの暮らしだ。年も年なので夫もそんなには食べないし、ましてやこのところの自分の不調だ。料理をする気力もないまま、出来合いの総菜を買ってくることも少なくなかった。

冷蔵庫に日持ちしない食材があると思うだけでプレッシャーになり、余計に気力がそがれてしまうのだ。

夫は何を出されても文句一つ言わない。

それどころか、こちらの体調を気づかってか、休日には自分が作るなどと言いだして、余計に私を苛立たせた。

在職中は帰宅が遅いことが多く、私はあまり料理をしなかった。夫は外で済ませて来たり、何か作って私の帰宅を待っているようなこともあったのだ。

特別感謝こそしなかったものの、今のように鬱陶しく思うようなことはなかった気がする。

では何故、今、こんなに苛立つのか。

とにかく理解ある風な夫の態度に腹が立つのだ。


出張料理人だという彼らを呼び込んだのは、面倒な作業を一回分丸投げできるからであって、彼らの作る料理にさほど期待をしていたわけではない。

女の話によれば、仁という男は人気の出張料理人らしかった。

私の脳裏に浮かんだのは、高価な食材を使った料理の並ぶ華やかなパーティーの様《さま》だ。

だが、そんなパーティーは実際には見かけ倒しのことが多い。華やかなのは雰囲気だけで、食べてみると味の方はそれほどでもないのだ。

それでも、これだけの容姿の料理人が作るのならば、それはそれで満足感が得られるのだろう。

しょせん彼の人気は容姿によるもので、腕前の方は大したものではあるまいと高をくくっていた。材料らしい材料がないこの家で、果たして彼らはどうするのか見てやろうという意地の悪い思いもあった。

ところが、助手の女は意外なことを言う。

以前に冷蔵庫や戸棚にある材料だけで料理を作るキャンペーンをしていたことがあり、こういう状況には慣れているというのだ。

「立派な冬瓜ですね」

男にそう言われ、はっとした。

冷蔵庫の奥にそれが転がっていることをすっかり忘れていたのだ。

冬瓜は和浩の好物だ。

夏にスーパーで見かけ、どうしても買わなければいけないような気になって買ってしまった。

大きな冬瓜を丸ごと一個だ。どうかしていたとしか思えない。

私は実は冬瓜が苦手なのだ。

これといって味も栄養もないくせに図体ばかり大きい。こんなものを好む夫の気が知れずるずるになってしまった。

小分けにしてパック詰めしたもので、夫婦二人で十分食べきれる量だ。だが、どうにも億劫で、やらなきゃやらなきゃと思う内、いつの間にか変色し、
去年の夏にも冬瓜を買った。

男に訊かれ、え、ええと曖昧な返事をする。

「これを使ってもよろしいですか？」

なかった。


ああ、それでだったと思い出した。

だから今年は丸ごと一個を買ったのだ。

八月、夏の盛りに買ったものだ。

もう二ヶ月近く経っていることになる。

どうにかしなきゃと思いながらも、なかなかその気になれずにいた。

一旦割ってしまえば、それこそ一息に消費しなければ、瞬く間に傷んでしまうだろう。

踏み込むことに恐怖心のようなものがあったのだ。

「あ、でも、すごく古いんですけど、それ……。大丈夫かしら」

仁という名の男はキッチンカウンターの上に置いた冬瓜に軽く触れた。

「多分大丈夫だと思います。冬瓜ですし」

ごろりと転がる冬瓜を見下ろす。

蛍光灯の光を浴びて、不自然なまでに鮮やかな緑の楕円《だえん》だ。

丸のままならば、夏に収穫した実を冬まで保存できると聞いた覚えがある。

それが冬瓜という名の所以《ゆえん》だそうだ。

「仁さん、重いですか、それ？」

助手の女が言って、男から冬瓜を受け取る。

「わ。重たっ」

予想よりずっと重かったらしく、彼女は慌てて冬瓜を持ち直した。

その姿を見て、はっとした。まるで、赤ん坊を抱くような格好だったからだ。

ああ、そうだった、と思い出した。

結婚してしばらくした時に、夫が実家から冬瓜をもらって来たことがあった。

今ここにあるものより更に大きく、五キロ近くあっただろう。

自分も今の彼女と同じようにバランスを崩して落としそうになり、腕を曲げて抱え持つような形になった。

それを見た夫が言ったのだ。

「なんか赤ちゃん抱いているみたいだね」と。

子供を持たないことは話し合って決めた。

仕事の妨げになると思ったからだ。

今から思えば、あえてそうしなくても年齢からしてできなかった可能性も高いのだが。

夫はそれでいいと言った。

「二人で生きていけばいい」と言ったのだ。

にもかかわらず、冬瓜を持った自分をそういう風に表したのは、やはりどこかで子供を望んでいるからではないか――。

そう思うと無性に腹が立った。

プロポーズと呼ぶ程のものではなかったが、結婚しようと言ったのは私の方だ。

ところが、夫には別の縁談があり、彼の実家の方ではみなが乗り気だったのだと結婚後に聞かされた。

どこか諦めきれない様子の義母に言わせれば、私などより「うーんと若くて素直」な女の子だったそうだ。

和浩は優しい男だ。私の、平静を装いながらもその実、内心では決死の思いで切り出した申し出を断れなかったのかも知れない。

もし、「うーんと若くて素直」な方と結婚していれば、彼は〝普通に〟子供を持つ人生を歩めたのではないか。

そう思うと、いても立ってもいられなくなる。自分の気まぐれで、彼の人生の選択の幅《はば》を狭《せば》めてしまった……。

否定してもしきれない。それ以来、私はどこかで夫に負い目を感じている。

ヒモでもない限り、仕事最優先の女と結婚したって、男にメリットなどないだろう。

にもかかわらず、自分は唯一の誇りであったはずの仕事さえ失ってしまった。

もし、逆の立場だったとしたらどうなのだろうかと考えてみる。

仕事だけが取り柄だった夫が家でぶらぶらしているわけだ。一体どこの女がそんな夫に魅力を感じるだろうか。

まな板の上で料理人の男が包丁《ほうちょう》を入れると、冬瓜はさくりと割れた。

息を呑む。

表皮の部分は鮮やかさを残しているとはいえ、夏に比べれば、若干色あせ、乾燥《かんそう》しているようにも見えた。

一見、若々しくても、いざ割ってみると、中身はすっかりしぼんでいて、落胆させられるのではないかと思っていたのだ。

だが、中から顔を出したのは純白の実と種を抱えたわただった。

「きれいですね」

「ええ……」

でも、それは不気味なことではないかと思う。

十月、外はもうすっかり秋の装いだ。にもかかわらず、この実はみずみずしく、夏の輝きを保っているのだ。

「何だか場違いね」

私が言うと、仁という名の男は不思議そうな顔をした。

一時間ほどで、夫が帰宅した。

見知らぬ客人に少し驚いた様子ではあったものの、特段不快げな顔もせず、警戒心も見せない。それどころか何やら嬉しそうでさえあった。

こんなにフレンドリーな人だったかしらと首を傾げる。

友人も含め、彼が他人に対してどんな風に接するのか、もう忘れてしまっていたのかも知れない。

「いやあ、参ったなあ。料理人さんが来られてるなら、こんなものは買って来なかったのに」

そう言って、薄くなった頭を掻いている。

何も知らされていなかった彼はデパ地下で中華を買って来ていた。

それも温め直して食卓に並べ、料理人たちにも食べてもらうことにした。

実のところ、冬瓜料理などに期待はしていなかったからだ。

料理人はどうにか掻き集めた缶詰や乾物などを駆使《くし》して、ちょっと気の利いた小鉢《こばち》ものなども作ってくれている。

とっておきのワインなどを出して来ると、時ならぬパーティーのようになった。

仁という名の料理人と夫が並んで座っているのを見ると、ため息が出そうだ。

和浩はさえない中年男だ。これといった魅力もない、くたびれた顔。テーブルの上の照明を浴びると、シワやしみが目立つ。いつの間にか姿勢も少し悪くなっているようだ。

対する料理人は若く、美しい。服の上からでも分かる逞しい身体には何とも言えない色気があった。

では、自分はどうなのだろう。

現役で仕事をしていた頃は、自らの容姿に対する投資を惜しまなかった。着るものやメイクはもちろん、どんなに忙しくともサロンやエステに行く時間だけは削らなかった。

仕事はできて当然、だからといって、なりふり構わない女だとは思われたくなかった。

いや、なりふり構わぬ女に仕事ができるはずはないと思っていたし、周囲の評価も同様だと感じていた。

それが今では、サロンに行くのも数ヶ月に一度、前回行ったのはもう二ヶ月以上前だ。

いつの間にか、生え際に白いものが見えるようになり、最近では鏡を見るのがいやで、目を逸らすようにさえなっている。

もしかすると、彼らの目には、お似合いのくたびれた中年夫婦と映っているのかも知れなかった。

出て来たのは冬瓜の翡翠煮《ひすいに》という料理だった。

くせのない冬瓜を、貝柱のだしであっさりと煮てある。食べると、とろり、ほくほくと口の中で崩れ、決して悪くはない。だが、透明に煮あがった実はやはり寒々しかった。同じものを夏場に冷やしていただく方が、涼味を感じて嬉しいのではないか、などと少々意地悪く考えている。

場違いだと思ったのも、あながち外れてはいないようだ。

涼しげな見た目の食べものは、暑い日に食べてこそ値打ちがある。

皮肉なことを考える私の向かいで、冬瓜の料理を夫は涙を流さんばかりに喜んでいる。料理の秘訣《ひけつ》をたずねる夫に、料理人は、はにかんだような困ったような複雑な表情を見せた。

彼からすると、この料理の出来は今一つらしい。

いわく、翡翠煮は冬瓜の皮を極力薄く剝く。それによって、皮の緑が残り、美しい翡翠色に煮あがるのだそうだ。

中身は無事だったとはいうものの、時間の経過による劣化のせいで、皮の部分は無傷とはいえず、分厚く剝かざるを得なかった。それを残念に思うのだと、彼は言った。

ああ、それ見たことか、と私は思う。

やはり、秋の冬瓜は旬を過ぎ、ここにいるのは場違いなのだ。

「この人って、こんなにフレンドリーだっけ?」

ふと気がついて、驚いた。

夫のことだ。

初対面の客人たちと夫が楽しそうに喋っている。

「色」から始まった話だ。

翡翠からの連想で、青丹《あおに》、マラカイト、松葉《まつば》サイダーだとか、苔や粘菌。果ては盆景に蓬萊山《ほうらいさん》。話はビオトープにまで飛んでいる。

そのほとんどは夫の知識だった。

趣味が合うというのか、興味の対象が近いのか、無口だと思っていた男までが、かなり饒舌《じょうぜつ》になっている。

互いの話を受けて、会話がどんどん転がっていくのだ。

こんな話題には興味がないはずだと思った助手の女さえもが、目を輝かせて夫の話に聞き入っている。

自分だけが話の輪に入れずにいた。

自分のよく知らない夫の姿を遠巻きに眺めているような気分だ。

「素敵なダンナさんですねー。博識で、話上手で、優しそうだし」

夫がトイレに立った隙に、助手の女に羨《うらや》ましそうに言われ、ひきつったように笑みを浮かべる。

何の面白みも魅力もないと思っていた夫が、自分の知らない世界を持っていたことがショックだ。

ましてや他人からこんな評価を受けることがあるのだとは考えたこともなかった。

思えば、二人でいる時にこんな話をしたことはない。

私は仕事に関連することと、流行やファッションに関すること以外は、あまり興味や関心を持たずに来たのだ。

夫は相手が興味を示さない話題を自分勝手に喋るタイプではないのだと、今さらながらに気づかされた。

私は自分の取り皿に置いたままになっている透明な冬瓜の煮物を見やる。

場違いなのは、実は自分なのではないか――。

不意にそんな考えにとらわれた。

いつまでも若いつもりでいた。

子供を持たなかったせいかも知れない。

子供を育てる経験をしなかったせいで、人として未熟であるというような決めつけを「母親」である女性たちからされることがある。

マウンティングと呼ぶべきものなのか、それとも本気で憐《あわ》れんでいるのかは知らないが、色んな場面で色んな人から聞かされて来た気がする。

それは自分に近い友人だったり、親戚《しんせき》だったり、まったく通りすがりの他人だったりした。

彼女らの言葉については、そうですかとしか言いようがない。どちらの人生を選ぶにせよ、一方しか経験できない以上、比較することはできないと思うからだ。

そうではなくて、子供は親の年齢を自覚させる一種の装置なのではないか、と考えることがある。

子供の成長を間近で見守れば、季節の移ろいも、歳月の流れも、我が事として意識せざるを得ないのではないかと思うのだ。

その意味では、「子供のいない人間は自分のことしか考えていない」という彼女たちの言い分も当たっているのかも知れない。

人生を季節にたとえると、今、自分はどこにいるのだろうと思った。

いつまでも年を重ねることに自覚なく、仕事に全勢力を傾け、青春の季節に留まり続ける。

それが悪いというわけではないだろう。それはそれで一つの生き方だ。

だが、私の場合、突然、その青春の季節が終わってしまった。

たとえば、夏の終わり、吹く風に涼しいものが混じるとか、少しずつ日が短くなっていくとか。

そんな変化や兆しもなく、ある日突然、病気退職という形で夏が終わってしまったのだ。

季節が進んでいることを認めたくなくて、夏のまま、時間を止めて繭《まゆ》の中に籠もって来たのかも知れない。

だが、周囲は着実に秋へと進んでいる。

何も持たないと思っていた夫は、私が夏の時間にとどまろうとあがいている間に、多くのものを蓄《たくわ》えていた。

経済的なものばかりではない。精神的な成長や、老いに備える豊かさのようなもの。

同じ境遇にいて、いや、そもそも夫婦でありながら、彼だけが前へ進み、来るべき冬に備えているのだ。

「橘さん。冬瓜ってほとんどが水なんでしょう?」

唐突な私の質問に、仁という名の料理人は驚いたような顔をした。

「そうですね。九十六パーセントが水だと聞いています」

「いかにも夏向きの食べものよね。涼しげで水分が多くて。いくら保存できたって、冬の冬瓜なんて寒々しいだけだわ」

私の声がよほどネガティブに聞こえたものか、助手の女が慌てたように言う。

「でも、冬瓜のクリーム煮なんてのは冬向きですよ。グラタンなんかに入れても食感が変わっておいしいですし」

「そうなの……」

頷いてはみたものの、どちらにしても寒々しい印象は拭《ぬぐ》えない気がした。

◆

「じゃあ、これを召し上がっていただけますか？」

あの日、そう言って、料理人が出して来た料理を今、私は教えてもらったレシピに従って再現している。

少し時間と手間がかかるが、それだけの価値がある料理だ。

まず、前日から干し椎茸《しいたけ》を戻しておく。

料理人の彼は昨年、電子レンジを使って時間を短縮したが、やはり時間をかけて戻した方が断然おいしく仕上がる気がする。

一口大に切った鶏もも肉には、酒、醤油、カレー粉で下味をつけておく。

まずはその鶏肉からだ。フライパンにゴマ油を熱し、片栗粉《かたくりこ》をまぶして、じっくりと焼き上げる。

おいしそうな焦げ目がついたら、一旦取りだし、油を足して冬瓜を炒《いた》める。

そこへ椎茸の戻《もど》し汁《じる》を加え、もも肉、食べやすい大きさに切った干し椎茸を入れて煮込《にこ》むのだ。

味付けは酒、醤油、みりん、カレー粉だ。

後はとにかく、煮込むことだ。

じっくり、弱火でことこと煮込む。

今日は仕事は休みだ。

私は本を読みながら、火のそばにいる。

「おっ。今日は冬瓜のアレだね」

帰宅した夫が嬉しそうに言う。

よく煮込んだ冬瓜は、カレーや干し椎茸、もも肉など具材のうまみを吸収し、こっくりと濃厚な味わいだ。

去年、料理人の彼はこの料理を出さないつもりだったそうだ。

どちらかというと中華風の味付けなので、夫の買って来たデパ地下の総菜と重なることを危惧《きぐ》したらしい。

実際、翌日まで煮含めてもおいしいのだが、結局、あの場で供したのは、私の態度に何か感じるところがあったからだろう。

あの日、この冬瓜を口にした瞬間のことを今でも覚えている。

食べるのに苦労するほど熱々で、とろりとした冬瓜の食感。嚙みしめると拡がる深い味わい。とろみのあるスープを口にすると、一見バラバラにも思える食材が絶妙のバランスでまじりあっているのが分かり、ため息が出た。

冷えた身体がじんわりとあたたまっていく。そんな変化に誰でもない自分自身が一番驚いていた。

長い間、自分の身体が冷えきっていることにさえ、私は気づいていなかったのだ。

「あったかい……」

それまで縮こまっていたものが、徐々にほどけていくような不思議な感覚があった。

「ハレとケ」

夫との会話で料理人はそんな言葉を口にした。

晴れの日の料理とケ、つまり日常の料理は異なるといったようなことだ。

たとえば冬瓜の料理だ。見た目の美しい翡翠煮を料亭で出すことはあっても、カレー煮込みは出さないだろう。

料亭で修業したという彼がこんな日常、つまり普段のおかずみたいなものを作るのはどうなのかと私は思ったのだ。

そんな疑問に彼は決して饒舌とはいえない口を開いて言った。

「記念日に料亭や料理旅館で和食の粋を集めた高価な料理を召し上がることがあるでしょう。我々は確かに全力でその料理を作ります。ですが、私は許されるならば日常の食卓で、皆さんが召し上がるお顔を見ながら料理をしたいと思ったのです」

「ほう、そうなんですね」

夫が感心したように言った。

「料理人さんというのはもっと気位が高いというか、よくも悪くもプライドを持っておられて、我々は料理を食べさせていただくみたいなものかと思っていましたが」

それも料理人のあり方の一つだと思うと、青年は同意を示しておいて言った。

「料理はそれだけではおいしいものにならないのではないかと思うのです。食卓を囲む家族や仲間たちが織りなす時間が料理を何倍にも豊かにおいしくするのではないかと。そこは料理人の力ではどうにもなりませんから」

確かにそうだと思った。仕事の付き合いで食べる料理はどんなに高級なものであってもおいしいと感じないことも多いのだ。

もちろん味が悪いわけではない。

そもそも、楽しむための食事ではないのだからそんなものなのだと思っていた。

夫婦二人の澱んだような食卓に、驚くような偶然で舞い降りた料理人たち。

彼らを交えたこの食卓の時間は濃密で、かけがえのないものとなったのだ。


あれから一年、体力も気力もずいぶん回復した。

今、私は昔お世話になった取引先の会社で嘱託《しょくたく》として働いている。給料は以前とは比較にもならないが、学ぶことも多かった。

たとえば、渦中《かちゅう》ではなく、一歩引いたところから組織を見る。

もどかしい思いをしたのは最初だけで、以前にはまるで理解できなかったものが見えるようになっていることに気づく。

日々、勉強だ。こんな年になっても成長する余地があることに驚く。

仕事以外にも私は、色んなものに目を向けるようになった。

通勤途中に目に入る草木や花々、空の色、道を歩く猫など。これまでは忙しくて気にもとめなかったものだ。

そうして今、これまで縁のなかった文章を書き、こんな風に発表させていただく機会をも得た。

何とありがたいことなのだろうと思う。

最近、夫ともよく話をする。

秋から冬への寒い日にもぴったりの冬瓜の煮込みを食べながら、今夜も色んな話をした。

『二人で生きていけばいい』

改めて、夫の言葉の意味を嚙みしめる。

歩いて来た道をふり返ってみると、どうやっても後ろへは戻れないことに気づく。

手に入れたものと、得られなかったもの。

後悔はしない。すべて自分で選んだことだからだ。

夏の季節が過ぎて、本格的な秋が訪れる。

どこまで二人で行けるのかは分からないが、ここから続く冬の季節へ、彼と共に歩き出せる幸せを、私は熱々の冬瓜とともに嚙みしめていた。


はあ、とため息が出た。

澄香はページから目を離し、もう一度雑誌を見直す。

ここに書かれている料理人とは紛れもなく仁のことで、一緒にいた助手の女というのは澄香のことだ。

出張帰りにゲリラ豪雨に見舞われ、偶然知り合った女性のお宅にお邪魔して料理を作ったことがあるのは確かだ。会話の内容もほぼこの通りだったと思う。

けれど、こんな風に美しい文章になるのを見ると、何だか別の誰かの話を聞いているようで不思議な気分になる。

以前に読んだ時にも同じことを思ったが、この文章はあまりにも眩《まぶ》しく直視するのが難しい。

事実、最初にこの雑誌が出版社から届けられた時、澄香はなかなか先へ読み進むことができなかった。

知らない誰かが書いたものならば素直に素敵な話だと思えたのかも知れないが、仁が作った料理や、話した言葉を他人がどんな風に捉えたのかが書かれているのだ。

そして、可夏子という女性の内心を知るのも怖かった。

あの時、確かに少し難しいところのある奥様だとは思ったが、最終的にはとても喜んでいただけて、お土産にワインやお菓子などを持たせてもらい、帰って来たのだ。

その時に心の中であの女性が何を考えていたのかが赤裸々に記されている。

正直なところ、真正面から向き合うのが怖くもあった。

だが、今は少し違う。

時間が空いたせいだろうか。こうして読み直すと、じんわりと心に深く染み入ってくるのだ。
こんな風に誰かの人生の一瞬に関わって、何かが変わる。
やはり仁の料理はすごいと思った。
――と、感動している場合ではなかった。
事務室の外では相続人たちがやって来たのだろう、わいわいと騒がしい。
次のノートを読まなきゃと、雑誌を戻そうとしたところで気がついた。
奥付にメモが挟んである。
メモにはボールペンの走り書きで「出張料亭・おりおり堂？」と書かれていた。

◆

どうしよう。
何故、仁は自分にこれを読ませたのだろう――。
澄香は読み終えた大学ノートを前に重い気分でいた。
可夏子の書いたエッセイと見比べてみる。
「嘘だよね、こんなの。偶然だわ」
軽い調子で呟いてみるが、しんとした事務室の中、虚《むな》しく響くばかりだ。

時折、廊下の向こうからざわめきが聞こえてくる。

澄香は何故か中学生の頃を思いだしていた。

放課後、誰もいない教室で一人佇んでいると、遠い廊下から楽しげな声が聞こえてくる。

あの時の何とも言えない寂しさと、どこかに行きたいのにどこへも行けない息苦しさが今、身に迫ってくる気がするのだ。

単なる推測に過ぎなかった。そんなことあって欲しくはない。

だが、もしこの推測が当たっていたとしたら？

恐ろしい考えに気分が重くなる。

と、ノックと共に扉が開いた。外開きの扉の陰に誰がいるのか分からない。

はっと雑誌を隠すように置いた。

今、仁や孝の顔を見たくないなと一瞬思ってしまった。

「おお、こんなところにいたのかい、うるわしのなでしこ。明るい日の光の下で君のかんばせを見ることができるとは楽しみだ。さあ、顔を見せておくれ、僕の美しい人。ご機嫌はいかがだい？」

顔を覗かせたのはカゲオだ。陽気な声にほっとすると同時に驚いた。

「ええっ、カゲオさん。来ちゃったんですか？」

「ああ、そうだとも。君の顔を見るためにね」

「いや。ってか、どうやって入ったんです？」

まさか不法侵入したのだろうかと心配になったが、カゲオは首を振った。

「何の、君が心配するようなことは何もない。僕は正式なお招きを得てここにいるんだ。さあて、ついに時は満ちた。これから僕と仁の料理対決が始まるんだ。どうか君にも立ち会って欲しい」

「え、え？　なんでそんなことに？」

「なるようになったのさ。さあお手をどうぞ私のなでしこ」などというカゲオの申し出を丁重に断りながらついていく。

「あ、ちょっと待って下さい」

思わず前を行くカゲオのエプロンを摑む。

「どうしたんだい？　僕は僕の愛しき女神を抱擁《ほうよう》する許しを得たのだろうか」

「あ、違います。そうじゃなくてですね……」

昨夜あの後、澄香は気になってドッペルゲンガーについて調べたのだ。

ドッペルゲンガーには色んな説があるが、自分と同じ顔の人間、つまりドッペルゲンガーに出会った人物は間もなく死ぬと言われているものが多い。

「仁さんに会わないでもらえませんか？」

澄香の無茶な申し出にカゲオは怒ることもなく、ふっと笑った。

「もしや君はドッペルゲンガーに会った者の末路を案じているのかい？」

「あ、はい。馬鹿げているとは思うんですけど」

「やれやれ。愛しい君。もし仁が僕の影ならば、僕の命が危ないと君は案じてくれなかったのだろうか」

「あ……。そ、そうですね。すみません」

それもそうだと思ったが、澄香としてはやはり仁の方が心配だった。

「残念だが、もう二人は出会ってしまったのさ」

「えっ、そうなんですか？」

「大丈夫、二人ともすこぶる好調だ。仁と二人で奇妙な出会いを喜び合っているところだよ」

あっはっはと笑い飛ばされてしまった。

澄香はウェブの記事をさっと眺めただけだが、ドッペルゲンガーに出会ってその場で即死するというものでもないようだ。

じわじわと効果が出てきたらどうしようと思わないでもなかったが、あまりにカゲオがあっけらかんとしているので今一つ危機感を持てない。

いやいや、そもそもそんなの迷信に決まっているじゃないと自分を落ち着かせる。

「あ、未来は？　未来はどうしたんです？」

はっと気づいて、カゲオを顧《かえり》みる。

カゲオが現れたということは昨夜の出来事はやっぱり夢などではなかったということになる。

ならばあそこで未来と出会ったのも現実なのだ。

山中に子供一人でいるのかと思ったら、いてもたってもいられなくなる。

慌てている澄香にカゲオは片目をつぶって見せた。

「大丈夫。ちゃんとこちらへお連れしたとも。先ほど仁との再会を喜んでいたよ」

少しほっとした。

そういえば昨夜、カゲオは今日、決着をつけるからそれまで未来のことも保留にしたいというようなことを言っていたなと思いだした。

そうこうするうち、皆が集まっている部屋に案内される。

「さて、では僕はまだ料理の途中でね。美女のエスコートという大役も終えたところで料理に戻るとしよう」

「は、はあ……どうも」

過剰な言葉とエスコートに硬直した。

相変わらずプロムの女王にはほど遠い澄香である。

あやめの間という札のかかった部屋の入口では孝と虎之介、さらには仁がワゴンに載せた料理を運んでいるところだった。

「おわっ。私も手伝います」

慌てて言うと仁に遮られた。

「いや。いいから山田も一緒に食卓についてくれ。俺たちもお相伴《しょうばん》にあずかることになっている」

先ほど読んだエッセイの冬瓜料理のお宅もそうだったが、仁や澄香にも料理を一緒に食べるよう誘われることもたまにはある。

だが、アミーガのような常連客を除けばきわめて稀《まれ》な話なのだ。

『弔い』と銘《めい》打《う》った特別な記念日の料理でお相伴にあずかるとは驚きだった。

室内にはこの旅館の相続人であるきょうだい四人が顔を揃えていた。

時刻は正午過ぎ。

孝によれば既に話し合いは行き詰まり、どうにもならないのでとりあえず食事をする運びになったそうだ。

大テーブルを挟んで賛成派と反対派が分かれて座り、優次の隣にはかつてこの旅館で仲居をしていたという三人の女性。

彼女たちはかいがいしく給仕を手伝ってくれている。

お手洗いに立った澄香はついでに厨房を覗いて、未来の姿をみとめ、ほっとしたところだ。

配膳を終えた孝は所在なげな様子でお誕生日席に戻っていった。

前回にはいなかった若めの男性は茂斗子の婚約者だそうで、その隣が澄香だ。

本日の仁の料理は点心の形式らしい。

点心というとシュウマイや春巻きを思い浮かべてしまうが、和食の世界では別の意味があり、主に縁高《ふちだか》と呼ばれる重箱のような器に料理を盛り込む際に使われる呼び名だ。見た目は重箱に詰め込んだおせち料理と似ているが、おせちと違って料理内容に決まりごとがあるわけではない。

懐石のように一品ずつお出ししていると時間がかかるので、今日のような話し合いがメインの日には適当ではないと考えてのことだろう。

最後に澄香の座る椅子に手をかける格好で仁が着席する。

背中に仁の体温を感じ、今更ながらにぎゃっとなった。

そういえばここへ来てから、いやここへ来る以前からだ。

仁とは別行動のことが多く、同じ会社の隣の部署の同僚状態が続いていたため、これほど至近距離にあるのは久しぶりすぎて今更ながらに緊張してしまった。

「それじゃあまあ、いただこうか」

宗一の合図で各々が縁高の蓋を取る。

「わあ、きれい」

「おいしそう」

歓声が上がる中、澄香は、あれ？　と思った。

ずいぶん量が少ないなと思ったのだ。

黒塗りの縁高に盛られた料理は素晴らしいものだが全体に量が少なかった。

どの料理もいつもより三割か四割程度小さめに仕上げられているようだ。

ちょっとミニチュアのようで可愛い。

縁高の他に、黒の無骨な長方形の皿がある。

黒地に白の敷紙、その上には天ぷらが品良く盛られている。

これも小さめのものが三種。

料理の量が少ないことは、本日、仁が作るのが『弔いの料理』であることと関係があるのかも知れなかった。

弔いの料理といっても肉や魚を使わない精進料理ではなさそうだ。

量が少なめであること以外は特別変わっている部分はない。

仁らしい丁寧な仕事だ。

海の幸、山の幸。鮮やかな色彩、食欲をそそるつやや照り。本当においしそうだ。

ただ、いつもと違って材料も作る過程もまったく見ていない澄香には内容が分からなかった。

それはきょうだいや仲居たちも同様らしく、仁に質問が集中している。

仁が一つずつ説明していく。

深みのある赤漆《あかうるし》で塗られた縁高の中にもみじをかたどった焼き物の小さな皿が置かれていた。

そこに盛られているのは伊勢《いせ》海老のお造りだ。糸のように細く切ったかぼちゃのけんと浜防風のつまにわさびが添えてある。

さっそく伊勢海老の身にわさびを載せて、小皿の醤油を少し絡ませ口に運んでみた。

ぷりぷり、むっちりした身は舌の上で溶けるようでありながら、こりこりした歯ごたえがある。

澄香は伊勢海老を嚙みしめながら、うわあ、おいしいなあと心の中で唸っていた。

とはいえ、これは出張料亭の仕事の一環だ。

内心感動しながらも黙っていただかねばならない。

お客様方もみな静かに召し上がっている。

旅館の存続を中心とした相続について意見が二分されているのだ。きょうだいといえども和気藹々《わきあいあい》と楽しく食事をするということにはならないのだろう。

先ほどまでは賑やかだった元仲居の三人も気をつかってか小声で感嘆の声を上げている。

天ぷらは三種。

肉厚のしいたけは分かったが、衣から覗く緑の葉物が何か分からなかった。

「葉わさびを使いました。こちらの旅館の名物の一つだったそうなので」

「なるほど」と声が上がる。

「先代は旬の食材しかお使いにならなかったとのことですが、今日はこちらの旅館がかつてお出しになった料理を再現させていただこうと考えました。旬とは言い難いものも使用していますが、ご容赦下さい」

在りし日の料理を再現することで弔いとするということらしい。

それにしても、澄香は思う。

亡くなった先代は妥協《だきょう》を許さない料理人だったようだ。

仁と京都で知り合い、キャンピングカーで共に旅をしていたというのだ。

仁と先代、同じ志を持つ料理人同士。きっと通じ合うものがあったんだろうなあと澄香は葉わさびの天ぷらを天つゆにくぐらせ、口に運んだ。

さっくりと揚がった衣にまずは天つゆのかつおぶしの香りが立つ。

続いてぴりっとしたわさびの香りが鼻に抜け、特徴的な辛さが拡がった。

茄子《なす》を箸で摑む。さくりとした食感の衣を嚙むと、中の茄子がとろりと溶ける。

朱色の固まりは生桜《なまさくら》海老だった。

薄い衣をまとわせ、玉ねぎを合わせてかき揚げにしてあるのに塩をつけていただく。

仁の説明によれば、この塩は先代が気に入っていた岩塩だそうだ。

海老特有の香りを何倍にも凝縮したような桜海老だ。乾燥したものとは違い、噛むとぷつりとした身の部分の食感と殻《から》の部分のさくさくした歯ごたえがあり、じわっと潮の香りが拡がった。

甘い。桜海老の甘みと玉ねぎの甘みを岩塩が引き立てているのだ。

はあ、おいしい――。

つくづく思っていると、元仲居の一人が澄香と同じタイミングで「ああ、おいしい」と感に堪えないような声を出した。

きょうだいの方もおいしい料理に気持ちがほぐれてきたのか、意見が食い違っている者同士も少しずつ会話をするようになっているようだ。

食事が始まるまで、「和食かあ」「はあ、たりぃ」と不満げな様子だったマサ君は意外に料理が口に合ったようで、旺盛《おうせい》な食欲を示し、友人のレストランの立ち上げに関わった際に得たという蘊蓄《うんちく》をしきりに語っていた。

それに紛れるように仲間内にだけ聞こえるよう小声で仲居が言う。

「んんーっ、これでお酒があれば最高なんだけどねえ」

澄香も同じことを考えていたので思わず笑ってしまった。

「ちょっと菱川さん、厚かましいよ。お相伴にあずかるだけでも有り難いんだからね」

「分かってるよう。けどさあ、お弔いとか言われちゃうと何か本当にこれで最後みたいじゃないか。悲しくなっちまうよ。お弔いってんならちょいと一杯だけでもダメかねえ」

「ダメだって。今日はまじめな話し合いなんだからさ」

生桜海老の天ぷらを嚙みしめながら澄香も頷く。

依頼主であるきょうだいたちは全員お酒を飲まないそうで、それぞれウーロン茶や炭酸水、ノンアルコールのビールやカクテルが用意されている。

一見、お酒がないことに文句を言いそうなマサ君はコーラだ。

澄香たちもそれに倣い、澄香は炭酸水を飲んでいた。

隣の仁はウーロン茶だ。

縁高の中にはお造りの他にもう一つ、小さなおちょこのような色絵の器が入っている。

中にちょこんと盛られているのはせりの和え物だった。

胡麻和えかと思ったが、くるみ和えらしい。

これも先代がよく作っていたもののようで、料理日誌にたびたび登場していた。

せりはしゃきしゃきした歯触りを残してさっと茹《ゆ》でてある。

くるみは香ばしく焼いてすり鉢で荒くつぶし、味噌《みそ》を少し、醬油と砂糖で味をつけてあった。

香ばしい木の実からしみだした油とほんのり甘い味噌が、せり特有の香りを包み込んでいる。

見た目は、くどいようにも感じたが、実際に食べてみると、まるで食べ飽きず、おかわりが欲しいくらいの美味だった。

笹《ささ》の葉の上にちょこんと載った小さめの切り身は金目鯛《きんめだい》の塩焼きだ。

焼き色のついた皮目には鮮やかな赤が残っている。

金目鯛といえば煮付けやお造りのイメージが強かったが、食べてみると、ふんわり柔《やわ》らかい身は淡泊ながらもよく脂がのっていて、とてもおいしいものだった。

間に入っているのは花型に細工された酢《す》れんこん。ぱりぱりとした食感が楽しいし、さわやかな酸味で口の中がさっぱりする。

ところで、縁高に盛られたごちそうの中で澄香が気になっているものがあった。

親指ぐらいの大きさだ。濃褐色《のうかっしょく》のころんとした丸いものに淡い茶色の軸《じく》がついている。

ちょうどきのこを模したお菓子のような形だ。

それがとろみのある褐色の餡《あん》をまとっているのだ。

「仁さん、これは何ですか？」

指で示して訊くと、仁は笑顔を見せ言う。

「食べてみろ」

「あ、はい」

口に運んでびっくりした。

きのこの種類だとは思ったが、ほんのり甘い餡は松茸《まつたけ》の香りがするのだ。

「え、まさか松茸ですか？」

「ああ。松茸のつぼみの小さなものを煮てあるんだ」

あちこちで、へえとか「松茸かあ」と感心したような声が上がる。

噛んでみると、松茸のこりこりした食感と何といっても香りだ。口の中いっぱいに松茸の芳香が拡がる。

ほんのり甘い餡に醤油の香りもする。

「すごい贅沢な味がします」

以前に藤村《ふじむら》という男性が山のような国産松茸を送ってくれたことがあり、土瓶蒸《どびんむ》しからフライまで色んな方法で仁が料理をして食べさせてくれたが、この料理は出なかった。

初めて食べるものだ。

「懐かしいわあ、これ、ご主人がよく作ってた。私、一度だけ味見させてもらったんだ」

「何だって？　あんたそんな抜け駆けしてたの？」

「これこれ、菱川さん。声が大きいですよ」

たしなめながらも老仲居のタケさんは笑顔だ。

澄香は興味を感じて訊いた。

「仲居の皆さんはお客様に出すお料理を召し上がることってあまりないんですか？」

「そりゃそうだよ。せりの切れっ端ぐらいならまかないに出ることもあったけど、こんな高級食材にはとんとご縁がないよ。あたしらは見るだけ、運ぶだけさ」

菱川さんのおどけた顔と言葉に仲居たちが吹き出す。

仁は澄香に味見をさせてくれることもあるし、お客様と同席してお相伴にあずかることもあるものの、基本的には澄香も同じなのでちょっと親近感を覚えてしまった。

「こちらではまかないも先代が作ってらっしゃったんですか？」

「いえ、それはほとんどなかったわ。先代はお客さまにお出しする料理にはそれこそ命をかけてらしたけど、ご自身も含めて普段の料理にはあまり興味がなかったみたいね。だから、まかないは雇われの料理人だとか見習いの若い衆だとかが作ることが多かったんですよ」

くりくりパーマの仲居の言葉に澄香は、先代が残した大学ノートの中身と可夏子が書いたエッセイの内容を思いだしていた。

大学ノートに書かれていたのは豪華な料理の数々だった。

料亭にも引けを取らない懐石中心の料理を出していた旅館のようだ。

記録には顧客名簿を兼ねる部分もあり、かなりの遠方から通って来ている常連の存在も見て取れた。

先代の料理を楽しみに来たのだろう。

ノートを読んでいると行間からは先代の料理への強い思いが伝わってくる。

旬の食材へのこだわりや情熱は仁と似ているが、決定的な違いがあった。

仁の方は日常の食卓で、食べる人の顔が見える距離で料理をすることを選んだのだ。

可夏子のエッセイに書かれていた、仁があの日に口にした言葉。食卓を囲む家族や仲間たちが織りなす時間が料理を何倍にも豊かにおいしくする――。

その時々で言葉や表現は違ったが、仁は何度かこのようなことを口にしていた。

これこそが、仁の料理に対する思いの原点なのだと澄香は思っている。

「あ、この握りってさ、もしかしてふぐじゃない？」

茂斗子の言葉に、きょうだい四人が仁を見る。

縁高にはもう一つ小ぶりのにぎり寿司が盛りつけられていた。

「おっしゃる通り、とらふぐの握りです」

「ふぐの握りって初めて見ました」

囁くと、仁が頷いた。

「そうだな。珍しいと思う」

「なんで珍しいんだ？」

これまで黙々と食べていたお誕生席の孝が訊く。

少し距離があるのだが、彼は先ほどからちらちらと仁の顔を見ていたから、仁の言葉を聞き漏らすまいとしているのかも知れなかった。

「ふぐは歯ごたえが強いので握りにすると相性が悪いという人もいるようです。ただ先代は祝いの席でこれをよく出しておられたようなので」

「ふん、そうだな。まさしく祝いの席だ。旅館の売却が決まっためでたい日だからな」

長男宗一の皮肉な言葉に、一瞬にして上座の方が険悪な空気に包まれる。

「それは違うよ。旅館の継続が決まったお祝いだ」

次男の言葉に宗一が顔を歪めた。

「あらあっ。ホントにこれ、おいしいわ」

小さめに握られたふぐのお寿司を食べた菱川さんのちょっとわざとらしい陽気な声にいさかいの火はかき消され、再びゆったりした空気が戻った。

澄香も自分の前に置かれた小さな握りに箸を伸ばしてみる。

半透明のふぐの身はつやつやと輝いていた。薄い茶色に色づいているのは味をつけてあるのだろう。中央にぽちりともみじおろしの赤とあさつきの緑が載っている。

一口大に軽く握られた酢飯は口の中でふわっとほどけた。

ふぐの身はなるほどしっかりと引き締まっている。むちむちした食感だ。

仁によれば身を一度ポン酢にくぐらせてあるそうだ。

「ポン酢は自家製ですか？」

優次の質問に仁が頷く。

「ええ。これは旅先で先代と出会った際に直接教わったレシピで作ってみました」

柑橘《かんきつ》系の酸味と醤油、出汁《だし》のあんばいが完璧でとてもおいしいポン酢に、澄香は少しだけ寂しい気分になった。

出会った頃の仁は事故の後遺症で酸味《さんみ》が分からなくなっていて、澄香が代わってお味見をしていた。

そもそも仁が澄香を助手に選んだ理由の一つがこれだったのだ。

仁が先代と旅をしていた頃にはもうほとんど味覚が復活していたはずなので、教わった味を再現できるのだろう。

こうして彼が苦難を乗り越えた姿を見るのはとても嬉しいことのはずなのに、心のどこかで醜い感情が頭をもたげる。

仁がもし味覚障害を克服できていなければ、今でも仁は澄香を必要としていたのではないかと思ってしまったのだ。

浅ましいな――。

自分で自分がイヤになる。

けど、もうダメだよと澄香は自分で自分に言い聞かせている。

もう自分は役割を終えたのだ。

後はするめの人生だ。

素直に仁の復調を喜んであげなければと、ちょっと泣きそうになりながら、澄香はおいしいふぐの握りをほおばっていた。

縁高の脇には、それぞれ模様の異なる蕎麦《そば》ちょこが置かれている。

澄香の前に置かれているのは砥部焼《とべやき》らしい。白地に藍《あい》色のからくさが描かれた器だった。

小さな小さな茶碗蒸《ちゃわんむ》しだ。

木の匙ですくうと、二口、三口で終わってしまうような可愛らしいもので、何だかおままごとのようだと思った。

熱いのが好きな人はいち早く食べていたが、澄香は少し冷めるのを待っていたのだ。

匙の上に、ふるふるした卵と小さく切られた穴子《あなご》、そして形のいい三つ葉がちょこんと載っていた。

口に運ぶと、つるりとした卵が舌の上で転がり、上品な出汁の香りと卵に穴子の滋味《じみ》、そして椎茸からは甘辛いうまみが拡がる。

あっという間に食べきってしまったのが残念だ。

「ふーん。確かにこんな味だったな……」

同じように茶碗蒸しの匙を持ったまま呟いたのは宗一だ。

「ああ、兄さんは名月館の茶碗蒸しを食べたことがあるんだよね」

優次の言葉に、宗一の表情が微妙に歪む。

「あたしもあるわ。茶碗蒸しが食べたい食べたいってごねた時、ばあやがこっそり持ってきてくれたんだよね」

「そんなこともありましたでしょうかね」

茂斗子の言葉にタケさんが恥ずかしそうに笑う。

ここに出ている料理のどれを食べたことがある、などときょうだいが競い合うようにして言い合っているのを聞くと不思議な気がした。

この旅館はそれほど規模が大きいわけではない。家族経営に毛の生えたレベルということだ。

その家族にここまで旅館の料理を食べた経験がないものだろうかと思ったのだ。

そういえば、さっきから典子の声がほとんど聞こえてこないことに思い当たり、あれ？と思った。

よく通る典子の声が聞こえないということは彼女が黙っていることになる。

どこにいても会話の中心になるような人物だというのに、どうしたのだろうと思いそっと窺い見ると、典子は何とも複雑な顔をしていた。

料理をおいしそうに口に運んではいるのだが、ふと表情を曇《くも》らせたかと思うと、悲しげにため息をついているのだ。

陽気で剛胆《ごうたん》に見えた彼女に不似合いな憂鬱そうな表情を垣間見《かいまみ》て、澄香は何だか見てはいけないものを見てしまったような気がした。

長男の宗一の様子も少し気にかかる。

こちらはこちらで箸に迷いがあるというのか、新しい料理に箸をつける際にためらいがある様子なのだ。

しばらく迷って、ようやく思い切ったように箸をつける。

料理を口に入れた後も、一瞬難しい顔をして、何やら自分の身体の中の反応でも窺っているような顔で、宙を睨みながら咀嚼《そしゃく》していた。

その後でようやく安心したように飲み込むのだ。

どちらの態度にも違和感を覚える。

だが、と澄香は考え直すことにした。

この料理は旅館の弔いのための料理なのだ。二人ともこれまでの色んなことを思いだしているのかも知れない。

変な詮索《せんさく》はしないのが、『出張料亭・おりおり堂』の基本姿勢なのだ。

澄香が最後に残しておいたのは栗の渋皮煮《しぶかわに》だ。

ごろんと大きな栗はつややかな黒褐色《こっかっしょく》に煮上がり、宝石のようだった。

下ごしらえにとても時間のかかるもので、仁は『骨董・おりおり堂』の奥の厨で下準備をして持って来ていた。

栗は渋皮を傷付けないよう丁寧に皮を剝き、重曹《じゅうそう》で煮る。

その作業を繰り返すことでアクが抜け、栗本来の風味が際立《きわだ》つのだ。

煮上がった栗の実がまとう甘い蜜にはかすかにブランデーの香りがついていた。

ほおばると、ほっくり、ねっとりした栗の贅沢な食感に柔らかい甘さが拡がる。

和菓子のようであり、スイーツのようでもあり、それでいてしっかりした味のついた料理なのだ。

どの料理もさすが仁としか言いようがなかったが、澄香はこの栗の渋皮煮にもっとも仁らしさを感じていた。

食材を慈しみ、手間を惜しまず、食べる人が幸せになるような料理を作るのだ。

昨夜のカゲオのおもてなしも悪くはなかったが、やっぱり仁の料理が最高なのだと改めて思う。

今回の料理はどれも少量ずつだったので、あっという間に食べきってしまった。

もっと食べたいなあと考えながら箸を置く。

既に食べ終えている人も多く、やはりどの人も物足りないという顔をしている。

宗一がごほんと咳払いをした。

「なるほど、おいしい料理でした。でも、これが弔いの料理かと言われると、正直なところ疑問ではある。単に昔の料理を再現して懐かしめと言われてるような気もする。いや、それが正直なところです。いい大人が少女趣味な感傷に浸って、やっぱり売るのを止めたなんて判断を変えるとでも？　もしそうなら馬鹿にするのもいい加減にしろって話だ。あんたは父から弔いの料理を作るよう頼まれたって言うがね、一体こんな料理を食べさせて何か意味があると思っているのか」

「ちょっと兄さん、そんな言い方ないんじゃないか」

気色《けしき》ばむ優次を柔らかく制して仁が立ち上がった。

「そうですね。確かにこれはこの旅館が過去にお客様方に提供してきた料理をいくつか選んで再現したものです。少量にしたのはまだ他に食べていただきたいものがあるからです。正直に申し上げると、私自身、先代から託された弔いの料理がどういったものなのか分かりかねています」

「でしょうな。父もどういうつもりであなたにそんなことを頼んだのやら。まあ、これ自体はよくできたイミテーションだとは思いますよ。丁寧に作られているのもよく分かる。だがそれだけだ」

宗一はそう言い、腕時計に目をやった。

「そういえば私が雇った方の料理人はどうしたんだ」

「料理対決だの何のと言ってたけど、こちらの橘さんの料理のすばらしさにとても敵《かな》わないと悟って尻尾《しっぽ》を巻いて逃げ帰ったんじゃないの？」

「馬鹿な。おい、誰か見てきてくれ」

命じられ仲居たちが立ち上がる。

タケさんがドアノブに手をかけようとした瞬間、バンッと音を立てて外から扉が開かれ、仲居たちが「ひゃ」と声を上げた。

「お待たせいたしました、ワタクシめ渾身の裏の料理。さあ皆さんどうぞご賞味あれ」

そう言って片足を引いて胸に手を当て優雅にお辞儀をしている。

カゲオだ。さっき見た時にはシンプルなエプロンをして腕まくりをしていたはずだが、登場した彼はオリーブ色に豪奢《ごうしゃ》な刺繍の施されたジャケットにフリルのついたブラウスと、そのまま中世貴族のようないでたちだった。

「うわぁ」思わず声が出る。

日本の老舗旅館にヨーロッパ中世貴族。

非日常すぎて笑うべきところかも知れないが、あまりにも似合いすぎていて笑えない。

むしろ美しさにため息さえ出た。

こんな服装をすると騎士然としたカゲオの態度が妙にしっくり来るのだ。

いや待って待って。これは……と澄香の妄想力が悲鳴を上げる。

こんな格好を仁にさせたら、さぞかし似合うだろうなと夢に描いてみた、そのままの姿なのだ。

眼福《がんぷく》なのだが、あまりにもきらきらしすぎて直視するのが恥ずかしかった。

「さあ、君。即席の助手君。落とさないように皆さんに運んでくれ給えよ」

カゲオが華やかな声で扉の外に声をかける。

「なんで俺がお前の助手なんだよ」

小声で文句を言いつつ仏頂面でワゴンを押して入って来たのは虎之介だった。

「細かいことを気にするな。君も監視だけではつまらなかろう。人間、額に汗して働いてこそ日々の糧《かて》を得ることができるのだから」

「うっせえわ。俺だってスミちゃんと一緒に仁の料理を食べたかったよ」

「後で食べるがいいぞ。仁のことだ。ライバルたる私が食すべき料理をきちんと残してくれているのだ。当然、君らの分もあるだろう。これもみな出資者たる今回の依頼人の皆さんの太っ腹のお陰だ。大いに感謝をするが良い」

虎之介の後ろから緊張した面持ちで皿を載せた盆を持って入ってきたのは未来だった。

虎之介がワゴンから取り出した大皿をカゲオがテーブルに載せていく。

「表があれば裏がある。表裏《ひょうり》揃ってこの旅館の歴史。これぞ弔い」

謎めいたカゲオの言葉にきょうだいたちが顔を見合わせている。

三ヶ所に大皿が置かれた。三、四人で一皿をシェアする見当だろう。

目の前に置かれた料理を見て、澄香はあれ？　と思った。

カレー粉のいい匂いが漂っている。

「さあ、炊きたてのごはんも用意した。どうだい皆さん、どのぐらい食べるか言ってくれ」

「おっ。何だかうまそうなモンじゃん。にいちゃん。俺、ごはん大盛り」

いち早く答えたのはマサ君だ。

「ハーイ。喜んでー」

ふざけた低音で答えたカゲオはワゴン下段に載っていた大型の炊飯器を軽々と持ち上げテーブルの隅に載せると、片手に茶碗、片手にしゃもじを持ってフリルをひらめかせながら、器用にごはんをよそい始めた。

ぽかんと目の前の光景を見ていた澄香は「さあ、君はどうだい？　僕のなでしこ」と甘い声でカゲオに囁かれ、はっと我に返る。

「あ、あ、あの、じゃあ八分目？」

「了解だよ。さすが我が最愛の美しい人。いいねえ、いかに表の料理が完璧なものであってもうまいおかずと炊きたてごはんは別腹だ。さあ、君はどうする橘仁」

おそるおそる仁の顔を見ると、何故だか不愉快そうだった。

それはそうだと澄香は思う。

自分の料理の後でこんな学生寮《りょう》の夕食みたいなものを出され、ごはんを八分目も食べるなんて助手としてあるまじき行為、いやそれ以前に、女としてどうなんだと恥ずかしくなった。

ここは「いえ、私はもうお腹がいっぱいですので一口だけ」とでも言うべきだったのではないだろうか。

だが、目の前のおかずがあまりにもおいしそうで、しかも、ごはんはつやつやと炊きあがり、ほかほかと湯気を立てている。

少量ずつの点心だけではどこか隙間の埋まらなかったお腹が黙っていなかったのだ。

それにしてもこの料理って……。

澄香は戸惑いを隠せず声をひそめる。

「仁さん、この料理は」

「裏の料理だそうだ。本当はこれも俺が作るつもりだったんだが……。あいつがこちらを担当すると言うので任せることにしたんだ。見る限り腕は確かだし、怪しげなふるまいもしていない。安心して食べていい」

そう言う仁が先ほどとは打って変わって愉快そうで、よく分からないながらも澄香は少しほっとした。

あっけに取られていたきょうだいたちにもごはんと皿が行き渡り、再び箸を持つ。

おかずを口に運び、澄香は思わず仁の顔を見直す。

「やっぱり。これってあの時の冬瓜ですよね。可夏子さんのお宅で作った」

カゲオが作ったという裏の料理は冬瓜のカレー煮だった。

こっくりと煮上がった干し椎茸に香ばしく焼き上げた上でカレー味の餡をまとった鶏肉、そして何よりも舌の上でとろりと溶ける冬瓜。

スパイシーでこくがあり、それでいて優しい味わい。

仁の料理の完璧なコピーだ。

「うまっ」

マサ君がすごい勢いでおかずを載せたごはんをかき込んでいる。

虎之介と未来は既に厨房で少し食べたそうだが、それでも物足りない様子だ。

「おお、こんないたいけな子供に我慢を強《し》いるのは本意ではないが、後で仁の料理もいただかねばならないのだ。どうか我慢をしておくれ、マスター未来」

カゲオに言われた未来が頷いている隣で、虎之介がふくれている。

「俺の我慢はいいのかよ」

「君にその程度の自制心がないようでは困るからね」

にやにや笑っているカゲオに虎之介が、ちぇっと舌打ちした。

あれ？　と澄香は首を傾げる。

この二人、とても初対面の様子ではない。

そして、今、カゲオと虎之介の二人が並んでいる姿を見て澄香は重大なことを思い出した。

仁や澄香が虎之介と知り合ったのは大阪だ。

澄香が未来のいる大衆演劇の一座に仁を訪ねて行った際、迷い込んできたのが虎之介だったのだ。

自称記憶喪失ということで一座の人たちの同情を集め、そのまま仁と行動を共にした上でちゃっかり『骨董・おりおり堂』の居候となった虎之介だが、彼が最初に仁に何と言ったか。

確か「ラウル」と呼びかけたはずだ。

その際、あろうことか彼は仁に小型の銃を向けたのだ。

仁がまったく警戒していないせいですっかり忘れていた、というかこの平和な日本ではあり得なさすぎて夢でも見たのかと思っていた節がある。

だが、よく考えてみると、この虎之介という、美少女と見紛《みまが》うような可愛らしい顔をした青年もまたとんでもなく怪しい存在だったのだ。

当初、警戒を怠らないようにするつもりではいたのだが、虎之介があまりにも自然に『おりおり堂』に馴染《なじ》んでしまったので、いつしか考えることをやめてしまっていた。

今でも彼は銃を持っているのだろうか？

そう考えると急に不安になる。

親しくなるにつれ、いつの間にか虎之介がそこにいるのが当たり前のようになっていたのだ。

彼の持つ銃のことは玩具か何かと思いこみたかった。

そうだ。もしかして——。

虎之介があの時に仁と間違えたラウルこそ、このカゲオという謎の男なのではないかと思い至り、澄香は慌てて立ち上がろうとした。

何かがおかしいと感じていた。

川で虎之介と遊んでいる時に、カゲオが現れ澄香はさらわれる格好になったのだ。

当然、虎之介は心配しているだろうと思ったのに帰ってみるとまったくそんな素振りはなかった。

それどころか、澄香は何故か家出をしていたことになっていたらしいではないか。

「あの、仁さん。虎、虎之介が」

言いかけたところで「あっ」と大きな声が上がって、びっくりした澄香は声の主を見る。

箸を持ったまま、大きく目を見開いているのは宗一だった。

「この料理。あんた、まさかあの時の……」

ぽかんとしているきょうだいたちを順に見回しながら宗一は勢い込んで言った。

「お前たち覚えてないのか？　ほら、あの時だ。あの時の子だ」

「え、兄さん、何の話？」

兄のあまりの慌てぶりに茂斗子も優次も、あの典子でさえもが目を白黒させている。

「拓三が亡くなって一年ぐらい後で突然うちに現れた高校生がいただろ？　料理作って帰った。あの時の料理じゃないかこれ」

「そういえば……」

茂斗子が大きく目を見開いた。

「そうだよ。これだよね。本当だわ。この冬瓜の料理だった。なんで気づかなかったんだろ。あの人たちの顔見て、どこかで会ったような気がしてたのよ。あの時の謎の美少年なんだ」

「ああ、僕も覚えてる。今でも時々思い出すんだよ。一夜の夢みたいに楽しくて、ちょっと切ない思い出として残ってる」

茂斗子と優次が高揚した様子で言い合っている。

「おい、何の話だよ」

　完全に蚊帳《かや》の外に置かれ、不機嫌そうな顔で訊くマサ君にうわずった声の茂斗子が答える。

「何てのかなあ。ちょっと夢みたいな話なんだけど、昔、うちに突然舞い降りた美少年がいたのよ。あんまり綺麗《きれい》でかっこよくて、そして一瞬にして消えちゃったものだから天使だったのかなあなんて思って、それからしばらく私はその子をモデルにした漫画《まんが》ばっかり描いてたんだよねえ」

「ああ、そうでしたねえ。茂斗子お嬢ちゃんは漫画家目指しておられて、私らもよく見せていただいて」

　くりくりパーマの仲居の言葉に茂斗子がキャーと声を上げ、顔を覆った。

「やめてえ、黒歴史なのよお」

「天使って」

　マサ君は呆れ顔だが、茂斗子は指の間からカゲオと仁の顔を見比べて赤面している。

「その大天使様が作っていった料理がこれなの。冬瓜のカレー煮」

「はあ？　天使、庶民《しょみん》派すぎん？」

　マサ君のつっこみを無視して宗一がカゲオに駆け寄った。

「じゃあ、じゃあ、やっぱりあんたがあの時のあの子なのか」

　カゲオは降参だというように両手を挙げて、首を振った。

「違うな。あん時の彼はそっちの仁さ」

「やっぱり！　そうなのね」

茂斗子が目を潤《うる》ませて仁を見ている。

「ちょっと待って下さい。あなた方は一体何を言ってるんです？　それじゃまるで仁が以前にここへ来たことがあるみたいじゃないですか」

孝の言葉にきょうだいたちが首を傾げる。

「そうだけど？」

何を言っているんだろうというまなざしを向けられた孝が立ち上がり仁を見る。

「おい、仁。本当なのか？」

「そんなにおかしなことか？」

仁の返答に孝はショックを受けた様子だ。

「そりゃおかしくはないだろうが。高校生だって？　そんなことがあったなんて俺は聞いてないぞ」

「もしもーし。孝君、孝君？　初対面の皆さんの前で自分、筋金入りのストーカーっすって宣言してるみたいなことになってるけど大丈夫？　そこんとこ分かってる？」

制するようにつっこみを入れたのは虎之介だ。

「い、いや、そういうわけではなくてだな。その、仕事の都合上、彼の動向を把握しておく必要がありましてですね」

傍目《はため》にも慌てた様子で弁明する孝に虎之介が口許を押さえて笑っている。

宗一は明らかに興奮した様子だ。

「それにしたっておかしいじゃないか。なんであっちじゃなくて君がこの料理を作ってるんだ。あの時のことは知らないはずだろう」

詰め寄る宗一にカゲオは肩をそびやかした。

「そおりゃあなた、ワタシは仁の影ですから。コピーなど朝飯前と言いたいところだが、先代の料理ノートに書いてあったものでしてね、この料理。ご丁寧に聞き書きらしいレシピつきで」

「料理ノート？」

「ほら、仁。美しきなでしこまでもが狐につままれたような顔をしてるじゃないか。さあ、あのノートのことから説明してあげたまえ」

はははは と楽しげに笑いながら、靴音も高く歩いて来たカゲオが仁の肩をポンと叩く。

「それを何故お前が知っているんだ？」

仁が不審げに鋭い視線をカゲオに送るが、彼は愉快そうに笑うばかりだ。

「諸事情あってね、私はそのノートを先んじて読ませてもらった。僕のことはまあいい。君の話をみなに聞かせてやってくれるかい、橘仁」

そう言うと、まだ何か用があるのかカゲオは悠々と部屋から退出していった。

きょうだいや仲居たちはみな冬瓜のカレー煮とごはんを食べながらこちらに注目している。

マサ君や菱川さんなどはちゃっかりごはんのおかわりをしていた。

仁がおもむろに立ち上がる。

「まず私は先代から、もしこの日が来たら料理日誌を読んで欲しいと言われていました」

「料理日誌？　それがノートってこと？」

「はい。先々代の時代から毎日記されたこの旅館の料理の記録です」

「そんなものがあったの？　ここに？　宿泊名簿とか予約票とかでなくて？」

そう言って優次と茂斗子が顔を見合わせている。

宗一は存在を知っているらしく何とも複雑そうな顔だ。

不気味なのは典子だった。

あいかわらず黙ったままでもそもそと冬瓜のカレー煮とごはんを食べている。

「宿泊名簿とは別です。毎日どのような料理をお客様に出したかの詳細な記録ですが、宿泊名簿と合わせて見ると、どれほどこの旅館がお客様から愛されていたのかがよく分かります」

澄香も同じことを思った。

そして、この旅館が今日の話し合い次第で完全に歴史を終えてしまうことをとても残念に感じもしたのだ。

「あいにく私は言葉足らずで、語るに足る言葉を持ちません。勝手ながら、私の助手の山田に同じものを読ませました。山田から何が書かれていたか説明させていただきたいと思います」

はいぃ？　澄香にはまったく寝耳に水のご指名だった。

仁が助手の山田と言いながら澄香を示したので、その場にいる全員の視線が集まっている。

「い、いやあ、そのう……何と言いますか」

しどろもどろな澄香の言葉にお誕生席の孝が額を押さえて天を仰いでいるのが目に入った。

正直、仁にできないものを自分が語れるとは思わなかった。

一体なんで仁さんは自分のような一介のゾンビにこのような大役を——と恨みに思って見ると、仁は少しも不安げな顔をしていなかった。

あまつさえ、任せたぞと言わんばかりの表情で笑ったのだ。

ああ、イケメンの笑顔が眩しい、と久々に思ったが、正直、緊張と戸惑いで頭が混乱してそれどころではなかった。

おもいっきり人選ミスだよ仁さんあなた、と思ったがしかし、と澄香は考え直す。

この役は孝でも虎之介でも良かったはずだ。

それでも澄香を選んでくれたのだ。

仁の信頼《しんらい》を無下にすることなどできない。

澄香はぐっと炭酸水を飲んで言った。

「あの、私は主に三組のお客様について書かれたページを読みました。長い方では五十年近く、短い方でも二十年ぐらい、ここに来られていました。あ、もちろんお一人ではなくて、ご家族で見えたり、お友達と集まられたり、色んな形で来られていたのですが、何というのか、家族が……そのご家族の歴史と一緒に歩んで来られたのが分かるんです。先々代の時代に結婚されたご夫婦が新婚旅行で初めて来られて、子供ができて家族が増えて、折に触れて記念日に来られるんです。そして、お孫さんが登場して、って、どんどん育って立派になって、新しくご自分の家族ができて、またその一家がここを訪れるようになっていくんです」

うまく表現できないもどかしさを感じながら澄香は必死で言葉を探して紡いでいった。

「大袈裟かも知れないんですけど、こんな風に何代にもわたる人の人生に寄り添って、共に歩いて行けるって素晴らしいことだと思いました」

典子、茂斗子、優次、そして仲居たちが頷いたり、目頭を押さえたりしている。

自分の言いたかったことが少しでも伝わったのだろうかと澄香はちょっと安堵した。

だが、それは宗一の顔を見た瞬間、しぼんでしまった。

「素晴らしいか……。そうだな、他人からすれば感動的な話なんだろうな。お客様から愛されて、共に歩む素敵な旅館。口当たりのいい感動話だが、それはあくまでも表面的なことに過ぎない。あなたを責めて言うわけじゃないが、ねえ、正直言ってどうです？　あなた方はその後ろにある家族の犠牲《ぎせい》を想像したことがあるんですか」

吐き捨てるような宗一の言葉にきょうだいたちの顔が曇る。

「犠牲？」

聞きとがめたような孝の問いに宗一が顔を歪めた。

「犠牲だよ。親が子供の死に目にも会えない、それが犠牲でなくて何だ？　親が犠牲になったんじゃない。犠牲になったのは子供の方だよ」

「亡くなったお子さんが？」

「ああ、末の弟がね……。小学生の時に交通事故で亡くなったんだ。拓三という名でね、末っ子らしく天真爛漫《てんしんらんまん》で素直で本当に可愛らしい子だった。父も母も溺愛《できあい》していたよ。特に父は俺に対する厳しさが嘘みたいに拓三には甘かった」

「拓三は特別だったからね。何をしても愛嬌《あいきょう》があって可愛らしくて、誰からも愛されるようにできてたなあ。不思議だよね。早く亡くなる子ってやっぱりそうなのかな？　僕とは一歳しか違わないのに、あんまり向こうが可愛いもんで、正直嫉妬《しっと》したこともあるよ」

「そうだったの？」

「まあね」

優次はふふっと笑った。懐かしむような、それでいてどこか苦そうな、何ともいえない表情だ。

再び宗一が口を開く。

「その拓三が死んだ時も、父は常連客のための料理を作っていた。父が病院についたのは夜の十時。遅い。遅すぎだよ。拓三はとっくに冷たくなってた。霊安室で母や俺たちがどんな気持ちで父の到着を待っていたかなんて当の親父《おやじ》は知りもしなかっただろう」

宗一の言葉に澄香は打ちのめされた思いでいる。

実は澄香は大学ノートを読んだ時にこの日の記述を目にしていた。

その日のお客様は先々代の時代から贔屓にしておられた一家だった。

老夫婦の金婚式《きんこんしき》と彼らの孫の高校入学を祝うために一族が総勢十五名、宿泊していたのだ。

宗一の話によれば、友達と遊びに出かけた拓三が事故に遭ったのは夕方だったという。

ちょうど夕食の仕度が始まる時間だったのだろう。

お客様の事情を考えれば、両親や祖父母と若い孫の記念の会だ。

料理日誌には一族のどの家族がどこから来たのかも詳細に記録されていた。東京や仙台《せんだい》、遠くは九州から駆けつけてきた一家もいるのだ。

「あ、あの、すみません。失礼ですが、代わって料理を作る方はいらっしゃらなかったんでしょうか？」

そんな重大事ならば信頼できる弟子に後を任せて病院に駆けつけても許されるのではないかと思ったのだが、宗一は首を振った。

「そりゃいましたよ。ちょうどあの頃はそれなりに腕の立つ料理人がいた。でも、父は人に任せるってことができなくてね。まったく、料理人の意地だかプライドだか知らないが、人の命より重いもののわけがない。やっぱり俺はあの時のことを許すわけにいかない。そうでなければ拓三や母さんが浮かばれないだろう」

「そうだったんですね。あの、すみません」

何と言えばいいのか分からず、澄香は頭を下げた。

きょうだいたちもこのことに対し思うところがあるようで、それぞれが怒ったような悲しいような何とも言えない表情を浮かべている。

「親父は生涯それでいいと思ってたんだろ。自分が悪いことをしたなんて微塵《みじん》も思っちゃいなかったんだよ。名月館が何よりも大事。そりゃ俺たちだって何不自由ない生活を送らせてもらった。それもこれもこの旅館があればこそだ。分かっちゃいる。感謝はあるよ。

けど、その裏で家族が犠牲になるんじゃ本末転倒だろう。俺はこんな旅館、早く潰れちまえばいいとずっと思ってきた」

だが——と澄香は考えている。

あの日誌はこの旅館の裏側についても記録していた。淡々とした短い記述だが、ちゃんと家族のことも記されていたのだ。

実はその後、ある出来事をきっかけに一つの変化が起こる。先代は決して後悔をしていなかったわけではないのだ。

これを伝えることで彼らがどう思うのだろうか。

そもそも、突然やってきた部外者である自分がこんな重要なことに余計な口を挟んでいいものかどうか。

忙しく考えていると、聞き慣れた声が聞こえた。

「山田」

澄香は無意識で手をぎゅっと握りしめていたのだが、その拳を落ち着かせるように握られ、ええっ？　と思った。

包み込むような大きな手だ。

きれいな長い指、しかし仕事に打ち込んできた手のひらは固く男っぽい。

混乱する頭で一瞬カゲオかと思ったが彼は先ほど出ていったきりだ。

その手の主は他でもない仁だった。

そのまま固まってしまった澄香に仁は何も言わない。

どういうことなんだ仁さん⁉――

頭の中では脳味噌総動員でどうにかこの事態を理解しようと努めているが余計に混乱するばかり。真意を確かめようにも仁の顔を見上げる勇気などもちろんなかった。

「しかし、まああれだな。君があの時の少年だとすると、父が弔いの料理を託した理由にも納得がいく」

呆れ半分納得半分といった感じで宗一が言う。

混乱しているせいばかりではないと思うのだが澄香にはさっぱり話が見えなかった。

それは仲居たちも同じようで居心地悪そうに互いの顔を見合わせている。

孝もまた落ち着かない様子で何か言いたそうに立ち上がりかけては座ったりしている。

この時、澄香はあることに気づいてはっとした。

虎之介の表情だ。

なりゆきを面白がっているのかと最初は見えた。

だが、それとも少し違う。

まるでこの先に何が起こるのか分かっていて事態を見守っているような不思議な余裕が見て取れたのだ。

一体、彼やカゲオは何者なんだろう？――

疑念は膨らむばかりだが、仁の手はまだ澄香の手に重なっている。

握られているというべきかも知れないが、あり得なさ過ぎて、だんだん右手首から先の感覚がなくなってきた。

何かの呪いが発動して澄香の右手首に邪悪な物が絡みついているのではないかと思うほどに痺れてきたのだ。

ヒリヒリと痛むほど皮膚が過敏になっていて、右手首から先で何かの人体実験が行われているのではないかとさえ思われる。

今となっては仁が澄香の手を握るなんて、人体実験のモルモットにされる以上にあり得ない事態だった。

「あ、でも待って。あの時、謎の美少年で正体は不明のままだと僕たちは思ってたけど、実は父さんはあなたがどこから来たのか知っていたってこと？」

優次の問いに仁は首を横に振った。

振動が右手を通じて伝わってきて、今更ながら澄香は顔が赤くなるのを感じる。

思わず顔を反対側に向け、ついでにさりげなく身じろいで仁から気持ちばかりの距離を取った。

「いいえ。先代は京都にいた私の元を訪ねてこられましたが、それは偶然からだった」

「偶然？」

「たまたま私が出張先でこの料理を作った時のことをエッセイに書かれた方がいて、先代はそれを読んだそうです」

「え、可夏子さんのですか？」

「そうだ」

思わず仁の顔を見上げて訊くとそう返ってきた。意外に顔が近くて内心大慌ての澄香だが、仁は涼しい顔で頷いている。

「そう。実はね、そのエッセイが掲載されている雑誌がこれ」

いつの間に持ち出したのか、虎之介の手には事務室にあったはずの雑誌が握られていた。

「ええっ、読みたい！」

茂斗子が立ち上がり、雑誌に手を伸ばそうとするのに虎之介は肩をすくめた。

「もちろん。でもさあ長いんだよこれ。全員が別々に読んでたら多分日が暮れると思うんだよね。そうだ。ねえ典子ママ、朗読してくんない？　なんかすっごいうまそう」

「あンれま」

典子は大袈裟に目を剝いたが、巨体を揺すりながら立ち上がり、虎之介から雑誌を受け取ると情感たっぷりに読み上げ始めた。

あまりに朗読がうますぎて、とても自分たちのことが描かれた文章だとは思えなかったが、椅子の下で右手を仁に取り押さえられた格好のまま身を縮める澄香を気にかける者などおらず、みな食い入るように典子を見つめていた。

『私は熱々の冬瓜とともに嚙みしめていた』

最後の一文を読み終えた典子が静かに雑誌を閉じると、あちこちからため息が聞こえてくる。

「素敵な文章ねえ」

菱川さんなど感動して涙ぐんでいた。

優次が目を輝かせて仁を見る。

「じゃあ、この本をたまたま読んだ父さんがここに書かれているのは橘さんのことだと思ったんだよね。それで京都まであなたを捜しに行ったってことですか？　すごくないです？」

「私も京都で先代にお目にかかった時には驚きました。まさかあの時の方が自分を捜しておられたとは思わなかったので」

どこか懐かしそうに語る仁。

照れくさそうに少し笑う。そんな細かい心の機微さえ右手を通して伝わって来るのだ。

沸騰寸前《ふっとうすんぜん》の澄香の頭の中に浮かんだのは「骨伝導《こつでんどう》」の三文字だった。

骨を通して仁の心がじわじわとしみこんで来る気がする。

こんな時でさえ澄香の脳はおかしな発想しかしないのだ。

仁の言葉を受けて、孝が苛立たしげに言った。

「さっきから何なんだ。あの時のこととは何だ？　自分たちだけ分かってないでちゃんと説明してくれ」

仁は少し迷っているようだ。

恥ずかしいやら戸惑うやらで顔は見えていないが、骨やら皮やら筋肉やらを通して直《じか》に伝わってくるものがあるので多分そうだと思う。

やがて意を決したように仁は澄香の大好きな低い良い声で、ゆっくりと語り始めた。

澄香は目を閉じて、仁の声と「骨伝導」を通して流れ込んでくる物語に身を委ねている。

その日、仁は単身この旅館を訪ねてきた。

「ちょっと待て、何故だ？」

いきなり物語を阻《はば》む孝の問いに仁は少し逡巡《しゅんじゅん》した様子だ。

ややあって間を空け答える。

「大切なものを取り返すため」

「大切なもの……？」

孝の疑問は良く分かる。

それは一体どのようなものなのか、何故仁はそれを失うことになったのか。

澄香だっていくつも疑問を感じている。

だが、仁の声の響きは決然としたものだった。端的な答えに覚悟が宿っているようで、孝もそれ以上のことを訊かなかった。

その時、仁にはこの旅館の経営者一族も従業員も誰一人面識はなかったそうだ。

そして彼は人々の目を盗んで忍び込んだのだという。

「犯罪じゃないか。お前、そんなやんちゃなタイプじゃなかっただろ?」

驚いたような孝の声に仁が苦笑する。

「申し訳ないことをしたと思っている。だが、正面から訪ねて返してくれと言ったところで応えてはもらえないという確信があった。今、仮に同じような状況に置かれたとしたら、やはり同じことをするだろう」

「おいおい、橘家の人間が犯罪に手を染めるなんて勘弁してくれ」

孝は頭を抱えているが、仁はふっとため息のように笑っただけだった。

「ちょっといいですか」

会議で発言を求めるみたいに挙手したのは宗一だった。

「正直、あの時にあなたが何をしに来たのかよく知らなかったが、まるでうちの者が何かあなたの大事なものを奪い取ったとか、盗んだように聞こえるんだが」

「いえ、盗まれたわけではありません。こちらの方からすれば正当な手段で手に入れられたのだと思います」

「へえ？　なんか横恋慕《よこれんぼ》した女性を取り返しに来たみたいに聞こえるじゃん」

　虎之介が嬉しげに茶々を入れた。

「馬鹿、真面目な話をしてるんだぞ」

　孝にたしなめられて、はーい、すみませえんと可愛らしい声で返事をしている。

　仁はきょうだいたちに向かって頭を下げた。

「そこには第三者の介入があり、今は詳しくお話しすることが難しいのです。ご容赦下さい。ただ、私としてはどんなことがあってもそれを侵害されることを見過ごすわけにはいかなかった」

　そこまで言った時だ。

　ヒュンと風を切るような音がして皆が動きを止めた。ビーンと張り詰めた何かが震えている。

　あやめの間の入口は木製の格子戸だが、その上部には和柄模様をモダンに彫り込んだ欄《らん》間《ま》が嵌《は》め込まれている。

　その隙間を通り抜け、何かが天井付近の壁に刺さったのだ。

「ボウガンじゃん」

　虎之介が呟く。

あった。

大股に近づいた孝が手を伸ばして矢を引き抜く。真っ直ぐな矢には白い紙が巻き付けてあった。

「ヒュー矢文《やぶみ》じゃん」

マサ君が口笛を吹いた。

みなが立ち上がり孝を取り巻く形で覗き込んでいる。

白い和紙を折り畳み、丁寧な織り目をつけて矢羽根の手前に結んであった。

「どうしますか？」

孝が訊くと、みなが口々に中を開けて見てくれと言う。

孝は一瞬いやそうな顔をしたが、それでも慎重に結び目を解いていく。

中には黒々とした墨文字が書かれていた。

筆で乱暴に書き殴ったようだ。文字のあちこちがかすれ、止めやはらいは勢いが強すぎて何ヶ所か墨が落ちた跡が見える。

やけに和風というか時代劇のような仰々しさでありながら、中身はやんちゃな小学生男子が書いたみたいで、何かちぐはぐだという感想を持った。

書かれているのは花の名前らしい。

『あやめ、ききょう、さくら、うめ、もくれん、ゆうがお』

その下に「上記、頂戴いたします。怪盗大百足《おおむかで》」と書かれていた。

「怪盗？」

「オオムカデ？？」

「怪盗の犯行予告ということか？」

笑っていいのか怖がればいいのか困ってしまった。みなも一様に困惑《こんわく》した顔で微妙な空気が流れている。

と、孝がはっとしたように辺りを見回した。

「そういえば、ヤツはどうした。仁のニセ者」

カゲオのことだ。

「彼ならさっき部屋を出て行ったきりなんじゃないですか？」

「畜生。何が宮廷料理人だ。やっぱり。怪しいと思ったんだ」

悪態をつきながら部屋を飛び出す孝をきょうだいたちや虎之介が追いかけていった。

カゲオが怪盗？

そういわれてみれば納得する以外になかったが、しかし、そんなにあからさまなものなのだろうか――。

仁も捜しにいくと言うので、澄香も慌てて部屋を出たが、旅館の何がどこにあるのかもよく分からない。

途方に暮れていると、声をかけられた。

振り向くと未来が後ろにいる。

「姉ちゃん、大丈夫だと思う。カゲオはそんなんじゃないよ。ちゃんと考えがあってのことだと思う」

思慮深そうな未来のまなざしに澄香はほっこりした。

「それもそうだよね」

未来と二人ぼんやり立っていると、しばらくして孝たちが戻って来た。

「ダメですね。みつからない。というかそもそもこの予告文の目的が分からない。陽動《ようどう》という可能性もあるんだ。浮き足立たない方がいいな」

確かにこれがミステリーならば、捜しに行ったはずの誰かが戻ってこないと思ったら、どこかで殺されていたなんて展開になりそうだ。

部屋に戻った孝は再び矢文の文面を眺めている。

「やれやれまったく。この旅館はどうなっているんですか。これらの花を盗むということですか?」

首を傾げる孝に虎之介が嬉しげな声を上げた。

「んなわけないじゃん。暗号だってばそれ。ぜってえ暗号。賭《か》けてもいいよ」

「暗号?」

みなが考えこむ中、おずおずと声を上げたのは菱川さんだ。

「あのう、それって」

仲居たちが顔を見合わせ頷き合っている。

「名月館のお部屋の名前ですよ」

いわれてみれば、今いる部屋の名は確かにあやめの間だ。

他の花々もすべてこの旅館内にあるという。

これは何らかの意味があるのだろうと、みなで順番に部屋を見て回ることになった。

どの部屋も正常、典子によれば盗《と》られたものもなく特に荒らされてもいない。

ただ、各部屋に一点ずつ、あってはならないものがあったのだ。

まずは、あやめの間。

ああっと声を上げたのは茂斗子だった。

造り付けの暖炉の中に、逆さにぶらさがっているものがあった。

「鍋《なべ》？」

気味悪げに虎之介がつかみあげたのは片手鍋だ。

「なんでこんなところに」

ひっくり返して見てみたが、鍋自体は何の変哲《へんてつ》もないものだった。

「となると、この鍋がヒントってことか」

「鍋？　片手鍋か？」と孝がメモをしている。

ききょうの間を開けると、入口を入ってすぐの天井から目打ちがぶら下がっていた。魚を捌《さば》く際、まな板に固定するため使うことがあるものだ。

死体がぶら下がっているよりはいいが、ひとけのない旅館の一室にたこ糸でくくられた目打ちが吊《つ》るされ、ゆらりと風に揺れているのは何ともいえない奇妙な光景だった。

典子の案内で一つ一つ部屋を訪ねていく。後片付けを始めるというタケさんを除いて全員が参加していた。

部屋はランダムに選ばれているようだ。

並び順ではなく、あっちへ行ったと思うとまた元に戻ったりさせられた。

やはり部屋の名前に意味があるのだろうというのが全員の共通した意見だった。

さくらの間には座卓の上にミキサーが鎮座していたし、うめの間には海苔《のり》の缶が転がっていた。もくれんの間には砥石《といし》が、そして最後の部屋、ゆうがおの間にあったのは真っ赤なりんごだ。

「何だこれ」

最後となった『ゆうがおの間』の前で手帳に並べた文字を順に読んでいた孝が首を傾げた。

彼を囲む形でみなが手帳を覗き込んでいる。

ちなみに証拠の品の数々はさくらの間を出たところで機転をきかせた菱川さんが押してきたワゴンに回収されていた。

「頭文字か？　頭文字を順に並べるとどうなる？　な、め、み、の、と、り」

「なめみのとり？　何それ」

ざわめく皆の輪から少し離れて立っていた仁が呟く。

「あやめの間にあったのは確かに鍋だが、雪平《ゆきひら》という名がある」

「雪平？　頭がゆ、か？　ゆめみのとり？」

「夢見の鳥？　あ、これ何か意味がありそうですね」

優次の言葉にみなが顔を見合わせる。

孝が眼鏡の位置を直しながら言った。

「夢見の鳥って何だ？　風見鶏《かざみどり》とかそういう？」

「夢を見る鳥？　どこかの民話であったたっけ？」

虎之介も首を傾げている。

室内には何とも微妙な空気が漂っていた。

これって私たち何しに来たんだっけ？　と澄香も思う。

『弔いの料理』を作りにきたはずが、妙な推理ゲームに巻き込まれている感があった。

相続人たちだって同じだろう。話し合いにやって来たはずが、中世貴族は現れるわ、怪盗の予告状が飛んでくるわでは戸惑うなという方が無理だ。

それでもどことなくみんな楽しそうだった。

「はっ。時代錯誤《じだいさくご》も甚だしい。今時流行《はや》りませんよ。しかもこれ、どこのどいつか知りませんが、自分のことを怪盗と呼んでいるわけですよね。マンガやアニメじゃあるまいし馬鹿馬鹿しいにも程がある」

矢文を見た時、そんなことを言っていた孝だが、その実彼が一番楽しそうで、率先して推理を繰り広げている。

「自称怪盗が頂戴すると言ってるんだから、骨董か何か価値のあるものなのでしょうね。こちらに夢見の何とかという名前や逸話のあるものはないんですか?」

「初耳です」

「そんな名前聞いたことないわ」

きょうだいや仲居連が口々に否定する。

「あ、これですかね。夢見鳥」

スマホを見ていた優次が声を上げた。

「歌の歌詞やお店の名前にもあるみたいですけど、これのことじゃないかな。ん、蝶《ちょう》のことなのか」

夢見鳥とは蝶の異名らしい。

胡蝶《こちょう》の夢という故事から来ているようだ。みながそれぞれ自分のスマホを出して内容を読もうとしたところで虎之介が言った。

「胡蝶の夢ね。荘子《そうし》だっけ？　ある日、昼寝をしていたら夢の中で自分は蝶になって楽しく空を飛び回っていた。はたと気づくと夢だったようだ。いや待てよ、果たして自分が蝶になる夢を見たのか、それとも自分は実は蝶々の方で、人間になった夢を見ているんじゃないかって話だよね」

「そうなのか？」

どよめきが起こる。

こういった話にもっとも縁の薄そうな虎之介が言ったのだ。正直、澄香も驚いた。

「あっそうだ。蝶といえばさあ、典子ママ。『骨董・おりおり堂』に相談に来た時に持ち込まれた笄《こうがい》を見て、まどかちゃんが言ってたじゃん。屋根裏の開けちゃいけない部屋からちょうちょが出てきたのを見た、だっけ。それじゃねーの？」

虎之介の言葉を引き受け、孝が頷く。

「なるほど、一理あるな。そこにある何かがこの怪盗とやらの目的ということはありませんか？」

「それは……」

孝の指摘《してき》に典子が青ざめる。

「開けちゃいけない部屋とは、開かずの間のことでしょうか？　このすぐ裏ですよね。開かずの間の入口は」

もくれんの間は新館の三階だ。そう言いながら孝は忌まわしいものでも見たかのように顔を歪めた。

突如、悲痛な声が上がり、びっくりした。

「まさかっ、まさかあそこに入っただか」

くまのお母さんのような典子がすごい勢いで走ってきて孝にぶつかり詰め寄っている。

「おおお、何と大それたことを。えらいことじゃ祟りじゃ。祟りが降りる」

「うわっ。え、ちょ……」

孝のネクタイを締め上げんばかりの恐ろしい形相にあの孝が後ずさっている。

「いや、あの……。入ってはいませんので、そこはご安心下さい。その上でお訊ねしますが、まどかちゃんのあの話、どういう意味なんですか？」

開かずの間に足を踏み入れていないと聞くと典子は「本当か、本当に入っていないのか」とくどいぐらい念を押し、ようやく落ち着きを取り戻した様子だ。

典子は取り繕うように周囲を見回し、おもむろに首を傾げた。

「それこそ、まどかが夢でも見ていたのかも知れません。あそこには近づかないよう口を酸っぱくして言い聞かせているのですけど、何分にも子供のことですから。その時のことと夢がごっちゃになっているのではないでしょうかしら」

「それは妙ですね。あの時、私の目にはあなたがまどかちゃんを口止めしているように見えましたが」

典子はわなわなと唇を震わせている。

「行ってみりゃいいじゃん。開かずの間？」

あっけらかんと言ったのは虎之介だ。

「祟りを恐れぬのか。この不信心者めがっ」

鬼のような形相の典子に怒鳴りつけられても虎之介は顔色一つ変えなかった。

「別に開けようとは言ってないんですけど？　その開かずの間とやらを見てみれば例の怪盗の狙いがそこかどうか分かると思うんだよね。大体さあ、売却するにしてもしないにしてもそんな危ないものをそのままにしておくのは後々のためにもよろしくないっしょ。ちょうど近くまで来てるみたいだし、これから皆でその開かずの間とやらに行ってみようよ」

「やめるだあっ」

典子の突然の絶叫が響き渡る。

窓ガラスがびりびりと震えるほどの大音響に皆が息を呑んだ。

「あそこは、あそこにだけは近寄ってはダメだ。頼んます。どうかそんな大それたことを考えるのはやめてけろ。死人が出てからじゃ遅いだ」

「ふえぇ、死人かぁ。怖い怖い」

まったく怖くなさそうに虎之介が言う。

「ねえ典子ママ。ひとつ訊いてもいい？　一体いつからあそこはそんな状況なわけ？　もしかしてさあ、このヤバめの事故物件、仁がここに来て冬瓜の料理を作った頃と前後してるんじゃないの？」

ヤバめの事故物件？

空気を読まない虎之介の発言に澄香は思わずのけぞったが、典子を除いたきょうだいたちは気分を害したふうもなく、それぞれが考え込んでいる様子だ。

「そういえば、僕が子供の頃にはなかったような気がするな」

「あ、うん。そうだわ。大天使様が降臨するちょっと前ぐらいからだったと思う」

優次と茂斗子の言葉に虎之介が頷いた。

「じゃあ、あんまり歴史があるわけじゃないんじゃん。呪いなのか祟りなのかよく分かんないけど、長い時間かけて熟成された解決不能の怪異ってわけでもなさげだし。ま、大丈夫なんじゃない？」

嚙みつくように典子が言った。

「恐れを知らぬ愚か者めがあっ。呪われる、呪われるだあ、あそこを開いてはならぬ。ならぬのじゃあ。なんまんだぶなんまんだぶ。恐ろしや、あな恐ろしやあ。神をも恐れぬ不届き者めが」

典子の巨体がぶるぶると震えている。

彼女の顔は真っ青を通り越して、青黒い。

虎之介はきゅるんと場違いな笑顔を浮かべた。

「案外さあ、呪いの正体なんて、実はとても他愛《たわい》ないものなのかもよ？」

「知ったようなことを言うな。よそモンが」

すかさず典子は吠《ほ》える。

「うん、よく分かんないや。でも、だからこそ見えるものがあるんじゃないの？　その部屋に封じられているものって何だろうね。案外、その正体って誰もが目を背けてきた真実なのかも知れないよ？」

「真実？」

呟いたのは未来だった。

これまでのやりとりのさなかも、未来は大きな瞳を見開いて、思慮深そうに大人たちを見ていたのだ。

虎之介は愛くるしいお人形のような笑顔を浮かべ、未来に向かって頷いた。

「そうだぜミラっち。真実とは時に残酷、時に悲しい、それでも人は真実を求めずにはいられない生き物なのさ、なーんてね。へへ」

彼はくるりと踵を返して言う。

「あ、もちろん強要するつもりはないからね。呪いや祟りが怖い人はここに残るといいよ。真実を突きつけられるのを恐れる人も残ってくださーい。死ぬまで真実から目を背けて見ざる聞かざるを貫くのも一つの生き方だよね。ま、反対はしないよ」

まっすぐ典子に向けて言う。

虎之介の妙な迫力にみなが呑まれたようになっていた。

「さあ、真実の究明を求めるつわものどもよ、共に闇に閉ざされし暗黒の扉を暴きに行こうぞ、なんちゃって」

芝居がかった虎之介の言葉にまっさきに応じたのは優次だ。

「そうだね。僕は行くよ。開かずの間の正体が何なのか見当もつかないけど、確かに彼の言う通りだ。旅館を再開するなら放っておくわけにもいかないだろうしね」

優次は少し嬉しそうだ。

虎之介の言い回しはいわゆる中二病のようで浮き世離れした大袈裟さなのに、不思議と気持ちを高揚させるものがあった。

「私も行こう。売るにしてもいつかは開封しなければならない場所だ。つい後回しにしてしまっていたが良い機会かも知れない」

宗一が頷く。

虎之介に縋るようにマサ君が言った。

「な、なあ、あんた。呪いの解き方って分かるか？　あっ茂斗子、茂斗子も来るだろ？な、そうだよな。そもそもあの部屋のことをオレに教えたのはお前じゃないか」

「ちょっとマサ君、しっ。分かったわよ、あたしも行くから、ね？　ね？」

何やら不穏な話をしている二人に肩をすくめて見せて、虎之介がこちらに向き直る。

「んで、スミちゃん。この会話をさっぱり理解できない他人事《ひとごと》だと思ってる？」

突然に話を振られて、澄香は慌てた。

「う、うん。それはまあ……」

「けどさあ、案外スミちゃんにも関係あったりして」

ぺろりと舌を出す。

今、はっきり分かった。

虎之介は口から出まかせを言っているわけではない。何かを知ったうえで澄香を含めたみなを誘導しているのだ。

いったい開かずの間に何があるのか――。

澄香はごくりと生唾を飲み込んだ。

「仁はどう？　ここで逃げる？」

きらきらと瞳を輝かせながら蠱惑的に首を傾げる虎之介に、仁は何ともいえない顔で微笑んだ。

「いや、行こう。先代に弔いを頼まれた身だ。見届ける義務がある」

「先代ねえ。仁自身の問題でもあるんじゃないのかと思うんだけど……。まあいっか」

謎めいた虎之介の言葉に思わず仁を仰ぎ見ると、仁もこちらを見ていて、目が合ってしまった。

「正直なところ、虎の言う通りこの先に進むことで何がどんな形で出てくるか分からない。そして俺はおそらく山田にそれを知って欲しくはないと思っている」

そう言った仁の瞳が少し揺らぐ。

え？　それじゃあ私は遠慮した方が？　と一瞬思ったが、仁はまばたきを一度して、再び澄香に視線を注いだ。

「それでも、あいつが言う通り、そこを避けては前へ進めないんだ。あまり気持ちのいい話ではないかも知れない。お前は幻滅するだろう。それでもいいか？」

「は……はあ」

いきなり真顔で言われて澄香は面食らった。

こんなに真剣な表情で仁が自分に何かを語りかけるなんて、彼が大阪から帰って以来なかったことではないかと混乱しながら考えている。

いや、違う。すぐに思い当たった。

真剣な表情も何も、こんな風にまともに向かい合ったこと自体がなかったのだ。

一体、仁が何を言わんとしているのか。今更ながらに知るのが怖い気がしてきた。

「えー仁、それちょっと違くね？　幻滅されて困るのは多分、仁じゃん。それでもいいかってのは自分に訊くべき案件じゃね？」

「そうだな」

仁は苦笑した。

「山田、改めて頼むよ。もしこれが最後になったとしてもどうか真実を知って欲しい」

最後って……。あまりの重い言葉に澄香は言葉が出なかった。

ただただ、仁を見て頷く。

きらきらしさに目が潰れそうになるのを何とか我慢した。

「孝ちんはどうすんの？」

青い顔をしていた孝は虎之介にそう訊かれると、きっとした目つきに変わった。

「行くに決まってるだろう。仁が見届けるなら俺も見届ける」

「おいおい、無理すんなって。顔色悪いぞぅ」

「無理などしていない」

つんつんとからかう虎之介に孝は腕組みをして、そっぽを向く。

その姿に仁が心配そうなまなざしを向けているのに気づいて、澄香ははっとした。

痛ましそうな、憐れむような、それでいて愛おしそうな、何とも切ない表情なのだ。

仁が前を向いたまま、ひとりごとのように言うのが聞こえた。

「ようやく長い悪夢から解き放たれる時が来たんだ。もう少し付き合ってもらえるか山田」

「も、もちろんです」

長い悪夢？

それはこの旅館の人にとってなのか？

それともこの旅館を舞台に起こった何か、呪いと呼ばれる何かが仁に長い悪夢をもたらしているとでもいうのか？

正直なところ恐ろしかった。

呪いや祟りが怖いのはもちろん、仁の言う真実を知るのが何より怖い。

そして、これが最後になるかもという仁の言葉。その最後とは何を意味するのか？

澄香は唇をきゅっと結んだ。

ううん、大丈夫——。

たとえこの先に何が待っていようとも、仁さんが決めたことならば私はそれに従うだけだ。

自分に言い聞かせながら、澄香は開かずの間へと向かう仁の後を足早に歩いていった。

「夢見の鳥」内のエッセイは、二〇一五年十月に「発言小町」のトピックとして連載された「出張料亭・おりおり堂　冬瓜」を下敷きに、加筆修正しています。

その他は書き下ろしです。

またこの物語はフィクションです。実在する人物、団体等とは一切関係ありません。

本文イラスト：八つ森佳
本文デザイン：bookwall

中公文庫

出張料亭《しゅっちょうりょうてい》おりおり堂《どう》
——こっくり冬瓜《とうがん》と長《なが》い悪夢《あくむ》

2021年9月25日　初版発行

著　者　安田《やすだ》依央《いお》

発行者　松田陽三

発行所　中央公論新社
〒100-8152　東京都千代田区大手町1-7-1
電話　販売 03-5299-1730　編集 03-5299-1890
URL http://www.chuko.co.jp/

DTP　平面惑星
印　刷　三晃印刷
製　本　小泉製本

Published by CHUOKORON-SHINSHA, INC.
Printed in Japan　ISBN978-4-12-207116-2 C1193

出張料亭
おりおり堂
「味見するか？」
安田依央
イラスト／八つ森佳
STORY
偶然出会った出張料理人・仁さんの才能と見た目に魅了された山田澄香、三十二歳。思い切って派遣を辞め、助手として働きだすが――。恋愛できない女子と寡黙なイケメン料理人、二人三脚のゆくえとは？
シリーズ既刊
ふっくらアラ煮と婚活ゾンビ
ほろにが鮎と恋の刺客
コトコトおでんといばら姫
夏の終わりのいなりずし
月下美人とホイコーロー
ほこほこ芋煮と秋空のすれ違い
こっくり冬瓜と長い悪夢
中公文庫